Échapper

Du même auteur

ROMANS

Vertiges, Éditions Julliard, 2013 ; J'ai lu, 2015
L'hiver des hommes, Éditions Julliard, 2012 ; J'ai lu, 2013
Colères, Éditions Julliard, 2011
Le Chagrin, Éditions Julliard, 2010 ; J'ai lu, 2011
Écrire, Éditions Julliard, 2005
Le Cahier de Turin, Éditions Julliard, 2003 ; J'ai lu, 2012
Méfiez-vous des écrivains, Éditions Julliard, 2002 ; J'ai lu, 2011
Trois couples en quête d'orage, Éditions Julliard, 2000 ; J'ai lu, 2011
Un jour, je te tuerai, Éditions Julliard, 1999 ; J'ai lu, 2011
Des hommes éblouissants, Éditions Julliard, 1997
Mon premier jour de bonheur, Éditions Julliard, 1996
Comme des héros, Fayard, coll. « Libres », 1996
Je voudrais descendre, Éditions du Seuil, coll. « Cadre rouge », 1993
Priez pour nous, Bernard Barrault, 1990 ; J'ai lu, 2011

DOCUMENTS

Survivre avec les loups. La véritable histoire de Misha Defonseca, XO Éditions, 2011
L'Affaire de Poitiers, Bernard Barrault, 1988
Hienghène, le désespoir calédonien, Bernard Barrault, 1988

RÉCIT

Il ne m'est rien arrivé, Mercure de France, coll. « Bleue », 1994

Lionel
DUROY

Échapper

ROMAN

J'ai lu

À Hélène

À Siegfried Lenz

« La vie n'est pas une plaisanterie, et nous n'avons pas le droit de l'abandonner ainsi. C'est même irraisonnable de la mesurer suivant la durée du temps ; les mois qui nous restent à vivre sont peut-être plus importants que toutes les années vécues ; il faut bien les vivre. »

Léon TOLSTOÏ,
lettre à sa femme Sophia,
le 29 octobre 1910
après qu'elle eut tenté de se suicider.

Si je devais mourir

Ce matin, je me suis réveillé avec l'appréhension de ne pas écrire, de ne pas trouver mon livre. Il était tard, neuf heures dix, et en somme je n'écrivais pas, je ne faisais rien. J'ai ouvert les rideaux et constaté qu'un vent violent secouait les grands pins devant mes fenêtres, charriant des tourbillons de pluie fine. Rapidement, je me suis donné un coup de brosse et suis allé prendre mon café. La cuisine était déserte, tant mieux, quand d'autres locataires y sont présents je suis gêné de ne pas pouvoir échanger un seul mot avec eux – tous parlent l'allemand, tandis que moi, non, ni l'allemand ni le danois. Après avoir bu mon café, je suis allé faire un tour dans la zone industrielle toute proche, dans le vent et la pluie, et c'est au cours de cette promenade que j'ai pris la décision de me mettre à écrire. Écrire quoi ? J'allais répondre que je ne sais pas, rien n'est construit dans ma tête à propos d'Husum, de ce retour à Husum, et cependant, aussitôt que j'y songe, je suis assailli de souvenirs et d'impressions qui me sont nouvelles. Ce sont donc ces souvenirs et ces impressions que je vais écrire. Et puis peut-être le livre apparaîtra-t-il.

Et s'il n'apparaissait pas ? En ce cas, je devrais rembourser Curtis de l'argent engagé sur ce livre introuvable. Il y a encore trois ou quatre ans, cela m'aurait plongé dans une profonde inquiétude, j'aurais dû sortir marcher pour combattre les tremblements que j'aurais sentis monter de mon ventre – « Augustin, l'homme qui tremble, et nous avec », a écrit je ne sais plus quel critique à propos d'un de mes livres –, mais aujourd'hui c'est différent, aujourd'hui je n'ai plus peur... J'allais poursuivre ma phrase, essayer de dire *de quoi* je n'ai plus peur, je me suis donc interrompu pour réfléchir... et je crois que la vérité c'est que je n'ai plus peur de rien. C'est-à-dire plus peur de mourir, puisque qui peut le plus peut le moins. Qui n'a plus peur de mourir ne peut plus avoir peur de ne pas trouver son livre, n'est-ce pas ? Cette victoire sur la peur, et j'allais écrire cette indifférence à mourir, je l'ai acquise grâce à Esther, enfin, durant les deux années qui ont suivi notre séparation. « Indifférence » est un mot trop fort : lorsque je songe à ma maison du Mont-Pertus, par exemple, je vois clairement que je préférerais vivre car j'ai encore envie d'y être, de parcourir pieds nus ses belles pièces dans la lumière tamisée d'août, d'observer encore le jardin depuis le banc, de partir encore sur mon vélo, etc., etc. Oui, mais enfin si je devais mourir je n'en ferais pas non plus un drame et il se pourrait même que j'en éprouve du soulagement.

L'homme qui tremble

J'ai quitté Paris le lundi 2 décembre 2013 à six heures une par le train 9401 depuis la gare du Nord. J'aurais pu prendre l'avion plutôt que le train qui met près de neuf heures pour rejoindre Hambourg, avec un changement à Cologne, mais j'ai voulu revivre seul ce que j'avais vécu avec Esther au mois de février 2011, soit près de trois années plus tôt. Comme j'avais été surpris ce jour où elle m'avait annoncé qu'elle irait volontiers avec moi à Husum ! Curieusement, je n'ai plus aucun souvenir de ce moment, mais je ne doute pas d'avoir été surpris car il n'y avait que moi à la maison pour parler d'Husum. Sans doute avait-elle dû consulter un atlas pour savoir même où se trouve cette ville. Et puis comme je parlais d'Husum une fois de plus, elle avait dû rétorquer à sa façon : « Pourquoi n'irions-nous pas ensemble, mon chéri ? — À Husum, tu veux dire ? — Oui. Ça fait longtemps que nous ne sommes pas partis tous les deux... je ferais bien un petit voyage avec toi. — Alors il faudrait que tu lises le livre de Siegfried Lenz, Esther. — Je vais le lire, bien sûr. — Eh bien d'accord. » Quelques jours plus tard, elle s'était mise à nous chercher des chambres d'hôtel sur Internet, ainsi qu'une voiture de location. Son idée était qu'en arrivant à Hambourg par le train (« Par le train, bien sûr, hein, mon chéri ? Tu ne veux pas qu'on prenne l'avion ? — Oh non, quelle horreur, c'est tellement mieux le train ! »), nous prendrions une voiture pour rejoindre Husum, plus au nord. Là, nous passerions peut-être trois ou quatre nuits à l'hôtel, puis au retour une ou deux nuits à Hambourg pour visiter la ville.

Et c'est alors que nous avions eu cet échange inoubliable. Elle avait trouvé un hôtel à Husum et elle voulait que je vienne voir les chambres sur l'écran. Je me souviens comme mon cœur s'était mis à cogner à l'instant où je m'étais retrouvé assis à côté d'elle sur le canapé, observant cette chambre d'hôtel – les deux lits dans un halo de lumière doré, les tables de nuit, le bureau, la salle de bains qu'on devinait par la porte entrouverte.

— C'est plutôt joli, avais-je dit, non ?

Me levant aussitôt pour arpenter nerveusement notre grande pièce.

— Ça te plaît ? Je réserve ?

— Oui, oui. Mais deux chambres alors... Tu réserves deux chambres.

Elle n'avait marqué aucune surprise.

— Deux, d'accord.

J'avais continué de marcher, tandis qu'elle pianotait sur son clavier.

— Non, attends, n'en réserve qu'une... Ça va aller.

— Tu es sûr ?

— Merde, je ne sais pas, j'ai peur... tu sais, à l'idée...

J'avais été sur le point de dire : À l'idée de ne pas pouvoir m'enfuir, mais les mots n'étaient pas sortis.

Cette fois, elle avait levé le nez de son ordinateur pour me suivre des yeux. Agacée, m'avait-il semblé.

— Merde, je ne sais pas, avais-je répété, croisant furtivement son regard.

Et comme je tremblais intérieurement, je lui avais souri.

Aujourd'hui, me remémorant cette scène, je suppose que c'est ce sourire stupide qui l'a fait sortir de ses gonds. À mon âge, n'est-ce pas, cette indécision, ce tremblement... et puis finalement ce sourire stupide.

— Augustin, l'avais-je entendue dire, soudain exaspérée, ne fais pas l'enfant s'il te plaît.

Il y avait eu un silence. Un silence assez long dans mon souvenir.

— Prends-en deux, avais-je dit tout bas, je préfère.

Tu as un si beau regard, Esther

À Cologne, il y a près d'une heure d'attente pour Hambourg. On quitte le TGV français pour emprunter l'ICE allemand. Depuis la gare, nous avions grimpé les marches vers la cathédrale encore toute dégoulinante de suie des incendies de la guerre (je crois que jamais aucune église ne fut plus somptueusement noire), et nous avions cherché un salon de thé. Je le retrouve sans difficulté et je me plante un instant devant avec ma valise. Est-ce que je tremble ? Non, je ne tremble plus. Elle avait lu les journaux, mouillant son doigt avec sa langue pour tourner les pages, et je l'avais observée avec cette forme d'adoration craintive qui s'était installée en moi au fil des dernières années et dont je ne parvenais plus à me défaire. D'adoration craintive, oui, c'est exactement cela. Esther : un front magnifiquement galbé, des cheveux sombres et frisés séparés par une raie sur le sommet du crâne et noués en chignon, de petites mèches brunes entortillées retombant ici et là sur les tempes, un profil de gitane aux traits tendus, les narines fines et mobiles, sensuelles, le regard... des améthystes noires pailletées d'or. Tu as un si beau regard, Esther, si troublant, avais-je pensé les premiers temps, bien avant que nous soyons amants, et même encore longtemps après. Tu as un si beau regard, Esther, si troublant... Quand tu me parles, on dirait que je t'illumine.

Esther peut aisément vous donner le sentiment que vous êtes infiniment précieux à ses yeux noirs pailletés d'or, à ses narines sensuelles, à ses lèvres, à sa langue, et en ce temps-là il n'était pas difficile de me séduire, toutes les filles qui me voulaient pouvaient m'avoir. « J'ai tellement besoin d'être aimé, avais-je dit un jour à Violetta, que je suis tenté de me prostituer. — Vraiment, Augustin ? Alors je veux bien être ta première cliente », m'avait-elle rétorqué. Elle voulait rire, naturellement, ça ne se fait pas de coucher avec sa thérapeute. Oui, Esther peut aisément vous donner le sentiment que vous êtes infiniment précieux à ses yeux noirs pailletés d'or, à ses narines sensuelles, à ses lèvres, à sa langue, mais si vous gardez votre sang-froid et parvenez à la contempler avec indifférence, ce qui n'est pas facile, vous remarquerez que son regard est exclusivement tourné sur elle-même, sur sa sauvegarde. Esther a toujours eu bien trop le souci d'elle-même pour se préoccuper de quelqu'un d'autre, et en cela nous sommes semblables : l'un comme l'autre, nous serions prêts à nous prostituer pour être aimés. Tandis que j'escomptais qu'elle me sauverait, elle espérait de toutes ses forces que je la sauverais.

Comme je suis bête, me dis-je, toujours planté devant le salon de thé avec ma valise, de n'avoir rien vu, car alors dès le premier jour au restaurant je lui aurais répondu très gentiment : Tais-toi, Esther, ne me dis pas toutes ces choses sur moi si douces à entendre, que je suis le plus beau cadeau que puisse te faire la vie, que tu as tout de suite su que j'étais l'homme de ta vie, etc., etc., et moi aussi je vais me taire, je retire ce que je viens de te dire : comment pourrions-nous nous aimer alors qu'hier encore nous ne nous connaissions pas ? Et j'aurais ri. Et je me serais levé, l'aurais laissée seule à table, et rien ne serait survenu de ce que fut notre vie.

Oui, bien sûr, mais si j'avais vu cela dès le premier jour, je ne serais pas l'homme que je suis.

Le livre de Siegfried Lenz

Je ne savais rien d'Husum et de sa digue, sur la mer du Nord, avant de découvrir *La Leçon d'allemand*, le livre de Siegfried Lenz. L'histoire se déroule durant la Seconde Guerre mondiale, dans le village de Rugbüll, à une trentaine de kilomètres au nord d'Husum. En dépit de la guerre, des restrictions, des bombardements anglais sur la ville toute proche de Kiel, l'ambiance est chaleureuse à Rugbüll, et cela grâce à la présence du peintre Nansen dont la maison est ouverte à tous les villageois. Max Ludwig Nansen et sa femme, Ditte, se tiennent au-dessus des petites noirceurs du quotidien, au-dessus de la guerre elle-même dont on devine qu'ils ne l'ont ni voulue ni soutenue – ils continuent d'incarner la générosité, la tolérance, l'élégance. Ce sont ces qualités qui attirent chez eux le narrateur, Siggi Jepsen, un enfant d'une douzaine d'années au début du récit. Siggi est le fils du policier de Rugbüll, Jens Jepsen, qu'il décrit avec admiration chevauchant la digue sur sa bicyclette, bravant la pluie et le vent pour faire respecter la loi allemande dans le village, et cela de jour comme de nuit.

Le policier et le peintre se sont connus sur les bancs de l'école communale, un demi-siècle plus tôt peut-être, de sorte qu'une amitié indéfectible semble les lier. Elle fait bien l'affaire de Siggi qui passe une partie de ses journées dans l'atelier du peintre sans que son père trouve rien à y redire. Élevé dans une maison glaciale qui sent le chou, entre une mère maladive et revêche et un père aux ordres de Berlin, obsédé par sa mission, l'enfant découvre un autre monde chez le peintre. Il l'observe monologuant devant ses toiles sous son galurin sans âge, arpentant nerveusement son atelier de ses gros godillots, rallumant inlassablement sa pipe, secrètement en colère lui semble-t-il – mais pourquoi ? Mais contre qui ? –, puis se remettant soudain au travail, le regard enflammé et comme possédé. Siggi pourrait trouver tout cela assez obscur, assez vain comparé à la gloire du père, à l'uniforme du père, à ses bottes qu'il fait impeccablement claquer quand survient dans la cour la lourde voiture verte de la Gestapo remontant d'Husum, mais c'est autre chose qui se passe : sans cesser d'admirer son père, il pressent qu'une immensité mystérieuse, inexplorée et sans doute précieuse se dissimule sous l'entêtement à peindre de Max Ludwig Nansen.

C'est ce pressentiment qui va bientôt le précipiter dans un conflit de loyauté déchirant car voici que Berlin interdit au peintre de peindre et exige la saisie de toutes les toiles réalisées au cours des deux dernières années. Et voici que l'homme qui signifie au peintre la sanction de Berlin est Jens Jepsen, le père de l'enfant.

Siggi observe la scène depuis un fourré où il s'est caché :

« Vous n'en avez pas le droit, dit le peintre. Et mon père : C'est pas moi qui ai écrit ça, Max, c'est pas moi qui exige ça. Non, dit le peintre, ce n'est pas toi qui exiges ça, mais c'est grâce à toi qu'ils peuvent avoir de telles exigences. »

Bientôt, au nom de son « devoir », le policier de Rugbüll va venir s'assurer, de jour comme de nuit, que le peintre ne peint plus. Mais il a bien d'autres missions à mener à travers le village, alors lui vient l'idée de s'adjoindre son fils : Puisque tu es sans arrêt fourré chez Max, Siggi, ouvre donc l'œil, assure-toi qu'il ne peint plus, et viens me faire ton rapport. L'enfant accepte d'être le bras droit de son père, mais il ne trahit pas le peintre pour autant. Il voit que le peintre continue de travailler sur ce qu'il appelle des « images non peintes », de très pâles aquarelles, pratiquement invisibles à l'œil nu et que leur format minuscule permet de dissimuler dans le fond d'un tiroir, mais au lieu de le dénoncer il devient insensiblement son complice. Un jour d'inspection, c'est lui qui sauve le peintre – et trompe la vigilance du père – en emportant les aquarelles sous son pull pour aller les cacher dans le moulin désaffecté, sur la dune.

Le moulin, la dune, les aulnes, les fossés remplis d'eau... « Tout cela fait partie de la scène, écrit à un moment Siegfried Lenz. Mais il y a aussi le *watt* désolé, les nuages bas à l'ouest, les rafales de vent qui rident les mares et hérissent le plumage des oiseaux, le ronronnement lointain d'un moteur d'avion, le sable scintillant de la presqu'île et, surplombant le tout, la digue, plus imposante, plus invincible encore vue du watt, sans oublier – très loin sur la dune – la cabane du peintre. »

Un espace où survivre

J'essaie de me remémorer comment je tombe sur le livre de Siegfried Lenz. En traînant chez Gibert, naturellement. Là-bas, aucun vendeur ne vient jamais vous demander s'il peut vous aider, et c'est bien pourquoi j'y retourne. Je ne veux pas qu'on m'aide à choisir un livre, ou alors qu'on m'aide aussi à choisir ma femme. Un livre, c'est tout à fait semblable, il faut pouvoir le regarder silencieusement la première fois sans être vu, lui tourner autour, essayer de se projeter en sa présence une fois chez soi, la porte refermée. Quel ennui si un mot maladroit venait tout gâcher ! Je me rappelle mon dépit en découvrant le roman épouvantablement niais, épouvantablement stupide d'une femme dont j'étais secrètement amoureux. Je me trouvais coincé dans le train pour Metz et je n'avais pas eu d'autre solution que de forcer la petite fenêtre des toilettes pour échapper à ce livre, le jeter par la fenêtre, oui, car il fallait absolument que je m'en sépare, que je le détache de moi. Après cela seulement je m'étais senti soulagé.

Ah, voilà, maintenant je me souviens : il était posé sur une table parmi les parutions récentes, ce vieux livre de 1968, voyez-vous ça – il n'y a que chez Gibert qu'on peut assister à une chose pareille – et c'est le mot « allemand » qui avait attiré mon attention, *La Leçon d'allemand*. Je l'avais saisi avec prudence, j'avais aimé immédiatement qu'il soit lourd (près de six cents pages), et c'est en lisant la phrase suivante, sur la quatrième de couverture, que j'avais résolu de l'emporter : « Bientôt lui reviennent à la mémoire les événements qui ont fait basculer sa vie. Son père, officier de police, est contraint en 1943 de faire appliquer la loi du Reich... »

Je venais, moi aussi, d'écrire un gros livre (plus de sept cents pages), nourri d'événements qui avaient également fait basculer ma vie – sans doute ai-je dû éprouver la satisfaction confuse de rencontrer en ce Lenz, en ce Siegfried Lenz que je ne connaissais pas, un laboureur obstiné du même bois que le mien. J'ajoute que plus rien n'allait dans ma vie à ce moment-là et que fuyant Esther, ne mangeant plus, ne dormant plus, j'essayais de retrouver dans les livres ce que je cherchais dans les chambres d'hôtel, un espace où survivre, où reprendre mon souffle.

C'est peu dire que *La Leçon d'allemand* m'a transporté. Pendant des jours et des jours j'ai habité Rugbüll, tantôt chez le peintre, tantôt chez le policier, empruntant moi aussi la digue puis le chemin de brique pour aller de chez l'un à chez l'autre. Je respirais le vent d'ouest, j'entendais au loin le ronronnement d'un moteur d'avion, je regardais Léon, le prisonnier belge, travailler dur dans la fosse à tourbe, je contemplais moi aussi le watt désolé. Tandis qu'on me croyait à Paris, j'étais à Rugbüll, injoignable, guettant certains jours la lourde voiture de la Gestapo remontant d'Husum. Husum que je rêvais de connaître, prêt à accompagner le peintre quand un jour la Gestapo l'y emmène, Husum dont Siegfried Lenz entretient le mystère et dont je finis par faire un lieu mythique.

M'était-il déjà arrivé, une seule fois dans ma vie, de me réfugier dans un livre comme on se réfugie dans une chambre d'hôtel ? Oui, à présent que je me pose la question, je me rappelle exactement dans quelles circonstances. J'avais à peu près l'âge de Siggi Jepsen, je dirais treize ans, et mon père m'avait confié notre mère et les petits. C'était septembre, il voulait tenter de régler nos affaires à Paris, trouver un appartement décent, nous déménager de la cité sordide où nous avions été relogés, et il ne voulait pas avoir notre mère sur le dos – « Tu comprends bien, mon petit vieux qu'avec elle je vais devenir chèvre. » Il me l'avait donc confiée, avec les petits dont il ne savait pas non plus que faire, dans cette maison délabrée du bord de mer où nous venions de passer l'été, et il avait pris les grands pour l'aider, mes trois aînés. Je ne sais pas pourquoi c'était tombé sur moi, sans doute parce que j'étais trop jeune pour porter des caisses, mais suffisamment âgé pour porter notre mère. Or il n'existait pas au monde une personne qui me fasse plus peur que notre mère, sa folie, ses larmes, ses hurlements, ses menaces répétées d'enjamber les bords de fenêtre, et cependant j'avais tenu ma place, prenant bien garde de ne pas lui montrer combien je tremblais – mais oui, déjà. J'avais tenu parce que j'avais découvert un endroit où je ne tremblais plus, où notre mère n'avait pas accès, cela s'appelait *Tant que la terre durera*, d'Henri Troyat. Trois gros volumes qui m'avaient abrité durant tout l'automne.

Curtis

La surprise de Curtis quand je lui annonce que je pars m'installer à Husum.

— Soyez gentil, Augustin, essayez de me resituer Husum sur une carte, mes connaissances en géographie ne vont pas jusque-là.

— En Allemagne du Nord, dans le Schleswig.

— Ah, je vois, encore une région qui doit être bien ensoleillée... Voulez-vous une cigarette ?

— Avec plaisir.

Curtis est sûrement le dernier homme dans tout Paris à continuer de fumer tranquillement dans son bureau comme si les lois n'existaient pas. Il est exactement comme le peintre dont le policier dit à un moment : « Max croit qu'il n'a de comptes à rendre à personne. Les lois, les règlements, c'est pour les autres. »

— Husum, Husum..., fait-il en se reculant pour être plus à son aise avec sa cigarette et croiser les jambes. Mais, dites-moi, ce n'est pas là que vous êtes allé avec Esther ?

— Si. Je ne me souvenais pas de vous l'avoir dit.

— Et quel livre... enfin, que voudriez-vous écrire, là-bas, à Husum ?

— Je ne sais pas. Pour moi, c'est déjà un livre, cet endroit, et la vérité c'est que j'aimerais retourner dans le roman de Lenz. Vous l'avez lu, n'est-ce pas ?

— *La Leçon d'allemand* ? Oui, il y a bien longtemps.

— J'aimerais retourner à Rugbüll, à Husum, à Glüserup... J'aimerais retrouver les personnages de Lenz – le peintre, le policier, Siggi Jepsen et sa grande sœur, Hilke, Teo Busbeck, l'ami du peintre... Enfin, ça serait trop long de tous vous les citer. J'ai tellement aimé ce livre, Curtis, que j'aimerais habiter dedans, y entrer et ne plus en sortir. Est-ce que vous pouvez comprendre une telle chose ?

— Je crois, oui... Même si je trouve votre enthousiasme un peu suspect. Est-ce que ce n'est pas une façon de vous détourner de la réalité, d'une vie qui vous déçoit, ou vous ennuie, pour trouver une forme de réconfort dans une création artificielle ?

— Bien sûr ! Mais c'est ce que nous faisons en écrivant, non ? Transformer la réalité en une création artificielle, avec une esthétique, une poésie, une musique – à l'intérieur de laquelle nous trouvons notre place. Pourquoi écririons-nous, sinon ? Pourquoi écririons-nous si la vie réelle nous satisfaisait ? La vie réelle est affreusement contrariante, Curtis, vous le savez bien, elle ne serait pas supportable sans les livres, ceux que nous lisons et ceux que nous écrivons.

— Je ne serais pas aussi catégorique... Mais revenons à notre affaire. Vous me parlez du livre de Lenz, de ses personnages, mais vous, qu'allez-vous écrire ?

— Je vous l'ai dit : je ne sais pas. Dans mon rêve, celui que je me construis pour m'endormir le soir, j'écris la suite du livre de Lenz. Il arrête son récit un peu après la Libération, les Anglais entrent dans Rugbüll, le policier est interpellé puis relâché, le peintre se remet à peindre sans avoir à se cacher, des hommes reviennent petit à petit au village, mutilés pour certains... Eh bien, dans mon rêve, je m'installe à Rugbüll, je retrouve tous les personnages de Lenz, ou du moins leurs descendants, les maisons des uns et des autres, en tout cas celle du peintre et celle du policier, le moulin désaffecté, le chemin de brique, les fossés, la digue – la digue, bien sûr ! – et j'écris la suite du livre de Lenz.

— Je vais vous dire une chose, Augustin, tout à fait entre nous : si ça pouvait rester un rêve, ça m'arrangerait bien parce que je ne me vois pas expliquant à Siegfried Lenz que vous allez écrire la suite de son livre. Vous me suivez ?

Comme d'habitude, je m'en étais sorti en éclatant de rire. Présenté comme cela, évidemment, mon projet était extravagant et n'avait aucune chance d'être accepté par Lenz et son éditeur. Mais c'était l'idée de départ, et il faut un puissant rêve, au départ, pour entretenir le désir d'écrire durant des mois. D'ailleurs, ça n'était pas la première fois que poussé par la tristesse de devoir quitter un livre, j'envisageais de mettre mes pas dans ceux de son auteur. Cela m'avait effleuré avec Malaparte et son stupéfiant *Kaputt*. Songeant écrire un livre qui en serait le prolongement, depuis Jassy, en Moldavie, j'avais finalement écrit tout autre chose.

Au wagon-restaurant

Plus le train avançait vers Hambourg, remontant toute l'Allemagne, plus j'étais ému à l'idée de découvrir Husum. Nous avions passé Dortmund, Münster, Osnabrück, et bientôt nous serions à Brême. Assise en face de moi, Esther lisait, le bas du visage enfoui dans une écharpe grise pailletée d'argent. De temps en temps, elle levait le nez de son livre pour jeter un œil à la plaine allemande recouverte de neige, et si nos regards se croisaient, elle me souriait – « Ça va, mon chéri ? »

Après Brême, nous étions allés nous attabler au wagon-restaurant puisque l'ICE allemand a maintenu la tradition de ce luxueux wagon, avec service à la carte, nappes blanches et gants blancs pour les serveurs. Ce jour-là, un mardi de février, la plupart des tables étaient occupées par des hommes, certains bavardaient, d'autres déjeunaient en lisant un dossier ou un magazine. Un seul couple semblait en promenade, comme nous – des Suisses, apprendrions-nous à la fin du repas, dont le fils habitait Hambourg –, et en nous voyant entrer la femme nous avait adressé un sourire.

« Il n'y a vraiment que nous pour partir en vacances en Allemagne au milieu de l'hiver », avait remarqué Esther en parcourant le menu. Elle avait ri en secouant la tête. Je l'avais poussée à choisir un bon vin, notre conversation avait été amoureuse et légère dans mon souvenir, et à plusieurs reprises elle avait posé sa main sur la mienne, comme pour me signifier sa confiance en nous, avais-je songé – je veux dire en dépit des peurs et des tremblements qui me poussaient à la fuir depuis des mois et des mois.

Assis seul à présent à la table que nous avions occupée (libre, par chance), j'essaie de retrouver ce que nous nous étions dit. Non, ça n'était pas si léger. Elle avait évoqué un séjour linguistique en Allemagne, à treize ou quatorze ans peut-être, à Essen, dans une famille ouvrière, qui s'était plutôt mal terminé. Le destin de sa correspondante, devenue tenancière d'un bar à Stuttgart. D'autres sujets encore qui me sont sortis de l'esprit, et brusquement elle avait — « Tu sais, je n'arrive pas à accrocher, qu'est-ce que tu as tellement aimé dans ce livre ? — L'ambiance », avais-je rétorqué. Et j'avais essayé de lui faire entendre que j'aurais rêvé être un personnage de Lenz, habiter son livre, oui, plutôt que ma vie avec laquelle j'avais tant de mal en ce moment (et je me souviens qu'elle avait de nouveau posé sa main sur la mienne), que si j'étais ému, là, dans l'instant, c'est que d'une certaine façon nous allions entrer dans le livre de Lenz, que je n'en serais jamais un des personnages, certes, mais que nous allions pouvoir malgré tout nous promener incognito dans le paysage de son roman... Bref, des propos qui me font tristement sourire aujourd'hui.

Mais voilà que je ne souris plus, car l'incongruité de ce voyage avec Esther me saute au visage brusquement : comment avais-je pu accepter qu'elle m'accompagne dans le livre de Lenz alors que ce livre avait été mon refuge dans un de ces moments effrayants où je l'avais fuie, elle, Esther, songeant que mon cœur allait se rompre si je demeurais quelques minutes de plus allongé auprès d'elle ? Comment avais-je pu la laisser prendre l'initiative de ce voyage sans me mettre à hurler ? Ah non ! aurais-je dû m'écrier. Husum, c'est chez moi, Esther, ni toi ni personne n'y viendra jamais. Et j'allais même dire surtout pas toi ! Mais au lieu de cela, je m'étais entendu lui répondre doucement : « Eh bien d'accord. »

C'est que je n'avais pas appréhendé sur le moment l'invraisemblance de la situation, tandis qu'à présent, attablé seul à notre table au wagon-restaurant, je ne vois plus qu'elle : j'avais fui Esther au milieu de nuits dramatiques, me réfugiant dans des chambres d'hôtel, parfois dans des livres, en particulier dans celui-ci, et voilà que comme anesthésié j'avais accepté de la laisser entrer avec moi dans l'un de mes refuges. C'était exactement comme si m'engouffrant dans une chambre d'hôtel, hors d'haleine après avoir cru mourir, j'avais entendu Esther frapper à la porte et lui avais ouvert.

Mais pourquoi avait-elle voulu ce voyage avec moi ? Comment avait-elle dit déjà ? Ah oui : « Ça fait longtemps que nous ne sommes pas partis tous les deux... Je ferais bien un petit voyage avec toi. » Je ne savais pas, à ce moment-là, qu'elle avait un autre homme dans sa vie. Je pensais que j'étais en train de devenir fou, atteint de la même fragilité mentale que ma mère, et je consultais un psychiatre trois fois par semaine. Aujourd'hui je sais, bien sûr. Je l'ai toujours su d'une certaine façon, j'ai toujours su qu'il y avait d'autres hommes. Une fois, même, j'étais tombé sur un mot d'amour d'Esther à l'un d'entre eux. Mais on peut savoir et ne pas vouloir le croire. Ne pas le vouloir, à aucun prix, parce que c'est impossible. À entendre, à se figurer. Quelque temps après être tombé sur ce mot d'amour, j'avais entrepris d'écrire un livre d'amour à Esther. Tout un livre, plus de trois cents pages, pour recouvrir trois ou quatre petites phrases où elle disait à cet homme son impatience... Oui, on peut savoir et ne pas vouloir le croire. Parce que c'est impossible à entendre, à se figurer. Mais la chose est bien là, cependant, enkystée quelque part puisqu'elle est *sue*, et il vient un jour où elle se met à irradier la chair tout autour, à pénétrer le sang, à atteindre la paix du cœur et à la corrompre, et ce jour-là le cœur se met à cogner inexplicablement. Il ne devrait pas, puisque tout va bien apparemment – Oh oui, mon chéri, dit-elle, moi aussi j'en ai envie, viens –, tout va bien apparemment, mais vous ne contrôlez plus le cœur, il vous échappe et se met à cogner dans ces moments où justement vous devriez vous réjouir. Puis vient un jour où vous vous enfuyez au milieu de la nuit pour trouver refuge dans une chambre d'hôtel, haletant, grelottant.

Dès le lendemain, j'avais cherché un psychiatre. Dès le lendemain. Je me revois lui expliquant que j'avais la sensation qu'une pieuvre noire habitait désormais ma poitrine et qu'elle était en train d'étouffer mon cœur, qu'elle voulait ma mort, qu'elle allait me tuer. Pendant des mois j'avais consulté cet homme, songeant que j'allais mourir du cœur, comme mon père. C'était inévitable puisque j'étais devenu l'ombre de moi-même, que je ne mangeais plus rien, ne pesais plus rien, et que je percevais l'épuisement de mon cœur.

Et puis j'avais bien voulu le croire. Non pas du jour au lendemain, mais quand j'avais su le nom de l'homme, puis d'autres détails. Bientôt, mon cœur avait repris son rythme normal, j'avais cessé de consulter le psychiatre et constaté que je pouvais de nouveau dormir paisiblement dans le lit d'une femme, d'une autre femme. Non, je n'étais pas en train de devenir fou.

« C'est quoi ce gars-là ? »

Esther avait soudain décidé de se louer un appartement. Je me rappelle dans quelles conditions elle m'avait annoncé la nouvelle, un matin autour de la table du petit déjeuner, elle en manteau, debout, déjà prête à partir, et moi encore attablé.

— Augustin, je vais prendre un appartement, je ne me vois pas continuant comme ça.

— Oui, je comprends.

Je pensais qu'elle allait dire qu'elle n'en pouvait plus de vivre avec un type qui ne dormait pas avec elle, qui tremblait en l'approchant et s'enfuyait à l'hôtel, mais non, je n'étais apparemment pour rien dans sa décision.

— Toi et moi vieillissant avec la petite ado au milieu (elle voulait parler de notre dernière fille)... j'étouffe complètement.

J'avais failli lui répondre que ce qu'elle décrivait était dans l'ordre des choses – nous avions voulu des enfants, ils étaient partis l'un après l'autre, la dernière se retrouvait donc seule avec nous –, mais l'état de fébrilité dans lequel était Esther ne se prêtait pas à argumenter, et je m'étais tu.

— J'ai besoin d'air, de retrouver la fille que j'étais avant de te connaître, avait-elle ajouté.

— Alors il faut que tu partes, en effet. Tu veux que je t'aide à chercher ton appartement ?

— Non, je préfère m'en occuper toute seule. Bon, je vais être en retard, au revoir, mon chéri, je t'appelle dans la journée.

Une fois son appartement trouvé, elle m'avait demandé si je pouvais l'aider à déménager ses affaires et lui faire les inévitables petits travaux (pose des tringles à rideaux, des miroirs, des étagères dans la salle de bains, etc.), et naturellement j'avais accepté. À vrai dire, l'idée de refuser ne m'avait même pas traversé – j'aimais Esther plus que tout, j'aurais repeint la tour Eiffel en rose si elle me l'avait demandé.

Cependant que tous ces bouleversements s'enchaînaient, je m'étais mis à écrire un livre qui faisait de notre vie un roman, et de nous des personnages de roman, comme je l'avais toujours fait en réalité, pensant que c'était la seule façon de transformer le désordre en une œuvre artistique qui dise quelque chose de singulier sur notre condition, nous autres humains, capable d'éveiller l'intérêt de lecteurs – j'allais écrire capable d'éveiller le désir, comme je l'ai si fortement ressenti à la lecture du livre de Lenz, mais c'est peut-être un peu prétentieux en ce qui concerne mes livres.

Quand le roman était sorti, il avait suscité une violente exaspération, assortie d'un rejet quasi viscéral du personnage du narrateur, c'est-à-dire du personnage que je m'étais inspiré à moi-même. Aucun critique n'avait accepté de croire que ce livre était une fiction et tous s'étaient dits effarés de la délitescence dans laquelle je semblais me débattre, moi, Augustin, et non le narrateur du livre que j'avais appelé Marc, ou Luc, je ne sais plus. J'avais même entendu l'un de ces critiques pronostiquer à la radio que j'allais me suicider, et qu'en somme ce livre-là serait vraisemblablement mon dernier, ce qui avait fait dire à son voisin que le malheur des uns faisait parfois le bonheur des autres, et j'avais compris que celui-ci ne m'aimait vraiment pas.

Sur Internet, des dizaines de lecteurs anonymes s'étaient déchaînés contre moi, me confondant absolument avec mon personnage, les femmes se rangeant du côté d'Esther pour estimer que j'étais manifestement « perturbé » et le genre de type à fuir de toute urgence, les hommes que je n'en étais pas un et qu'ils avaient ressenti un profond malaise à lire les confessions d'un individu « qui n'a rien dans la culotte », d'un « incapable qui subit sa vie plutôt que de la vivre ». Par-dessus tout, ils ne me pardonnaient pas d'avoir été faire des travaux chez Esther : « Sa femme le quitte et il va lui poser ses tringles à rideaux ! Pincez-moi, je rêve ! C'est quoi ce gars-là ? » Ces mots revenaient souvent : « incapable », « impuissant », « dérangé », « castré ».

Et c'était à peine plus flatteur durant les quelques rencontres avec des lecteurs que j'avais faites à l'invitation de libraires. Jamais aucun homme dans la salle, et s'il en venait un ou deux, ils s'en allaient généralement au bout de dix minutes. Le seul qui demeurait à mes côtés, complice obligé, était l'animateur de la rencontre, le plus souvent un journaliste de la radio locale. Un soir qu'il me raccompagnait en voiture à mon hôtel, l'un d'entre eux avait voulu m'aider. Il s'était mis à me parler de ma femme tandis que nous roulions par une de ces nuits venteuses et pluvieuses d'octobre dans le Massif central.

— Tu veux dire ma femme ou celle du livre ?

— On ne va pas faire de chichis, on parle bien de la même, non ?

Il avait ri, je n'avais pas relevé, et il avait donc poursuivi :

— Tu sais, les femmes, elles sont pas comme nous, si elles restent à la maison, c'est généralement qu'elles attendent quelque chose.

— Et pas les hommes ?

— Les hommes sont plus paresseux, et puis ils ont peur de se retrouver seuls.

— Ah, je comprends.

— Si ta femme n'est pas déjà dans les bras d'un autre, c'est qu'elle t'aime encore.

— Merci de me le confirmer.

— Non, mais c'est vrai... Ça te fait rire ? Tu trouves que je déconne ?

— Continue, je t'écoute.

— Ça m'a sidéré ce que tu racontes, que tu l'abandonnes au milieu de la nuit pour aller dormir à l'hôtel.

— Ah oui ?

— De quoi tu as peur, au fond ? Qu'elle te rejette ? Qu'elle te dise qu'elle n'a plus envie de toi ?

— Attention, il y a un chat au bord de la route... De quoi j'ai peur ? Je ne sais pas, je me le demande aussi.

— Je vais te dire franchement ce que j'ai ressenti en lisant ton bouquin. Tu te poses trop de questions, tu coupes les cheveux en quatre, et à force tu n'arrives plus à l'approcher. C'est pourtant simple ce qui se passe dans un lit entre un homme et une femme, mais toi tu en fais un drame en cinq actes. Moi, mon impression, c'est qu'elle n'attend que ça.

— Qu'elle n'attend que ça... quoi ?

— Je ne veux pas te donner de conseils, hein, mais je pense qu'un soir tu devrais lui sauter dessus sans préavis et la baiser, la baiser vraiment, si tu vois ce que je veux dire. Au lieu de te poser toutes ces questions. Et si ça se trouve, après ça, tous tes problèmes seront réglés.

— J'entends bien, oui.

— Je ne sais pas pourquoi, mais j'ai *vraiment* l'impression qu'elle n'attend que ça.

Chambre 6

À Hambourg, Esther et moi avions loué une voiturc pour rcjoindrc Husum cette fois-ci je prends le train. Il part du quai numéro 8, ne compte que trois ou quatre wagons et s'arrête à toutes les gares – Elmshom, Glückstadt, Itzehoe, Heide, Luden, Friedrichstadt... Il franchit de vastes étendues plantées d'herbe au-dessus desquelles flotte une traînée vaporeuse qui demeure étrangement suspendue à hauteur d'homme dans le crépuscule hivernal – elle coiffe parfois un troupeau de moutons, le toit de chaume d'une maison, un cheval, un tracteur et sa remorque abandonnés au bord d'un champ. Partout, les terres sont détrempées, l'eau noire affleure dans les fossés. La neige, habituelle en cette saison, ne semble pas encore être tombée. Le train se vide au fil des gares, ce sont des gens qui travaillent à Hambourg mais vivent à la campagne – des femmes qui échangent discrètement leurs talons hauts contre des bottes de caoutchouc, des hommes avec leur vélo qui s'enfoncent une casquette sur la tête et remontent le col de leur blouson avant de descendre. À Friedrichstadt, nous ne sommes plus que trois ou quatre dans le wagon.

Il n'est pas si tard, peut-être six heures, quand Husum est annoncée, mais déjà la nuit est profonde et les lumières de la ville s'irisent d'un halo de brume. Le quai est étroit, encore mouillé de pluie, et cependant il ne pleut plus. Les quelques voitures qui patientaient devant la gare s'en vont dans des bruits de portière et bientôt la place est vide. Une vieille femme promène son chien sous les arbres noirs et luisants et, sur le parvis, un homme croise mon regard, son accordéon sur les genoux, sa casquette posée par terre. Étions-nous seulement venus voir la gare d'Husum ? Je n'en ai pas le souvenir. Mais quelques minutes plus tard, je reconnais aussitôt la place du marché avec ses maisons hautes aux frontons colorés et cette église austère à l'allure d'un temple protestant. C'est bientôt Noël, ils ont installé un manège pour les enfants et des kiosques où l'on peut manger debout de la choucroute dans des assiettes en carton. Une sono diffuse des chœurs d'enfants, des gens emmitouflés bavardent joyeusement dans la fumée des saucisses et l'odeur poivrée du chou. Depuis la place du marché, je suis capable de me repérer. Nous prenions toujours en bas, sur la droite, Hinter der Neustadt, une rue étroite illuminée par les devantures des magasins – une pâtisserie, une galerie d'art, une librairie, une boutique de linge et de vaisselle pour la maison... Et tandis que je remonte Hinter der Neustadt, le cœur étreint par le souvenir d'Esther, il me revient qu'elle était entrée dans cette librairie pour acheter trois ou quatre de ces petits carnets qu'elle offrait au retour. Dans tous les pays où nous étions allés ensemble elle avait acheté des carnets.

Pourquoi Esther avait-elle voulu ce voyage avec moi alors qu'elle avait un autre homme dans sa vie ? Que nous allions ensemble à Husum, n'est-ce pas, alors qu'elle avait un autre homme dans sa vie ? Je me demande. Mais voilà, je reconnais l'hôtel. La chambre 6. La dame était étonnée que je ne veuille que celle-là, depuis Paris, dans mon mauvais anglais, et immédiatement elle se souvient de moi quand je lui dis que j'ai réservé la chambre 6. « Ah, le Français », dit-elle tout bas dans sa langue, tournant les pages de son registre et pensant que je ne comprends pas. Puis je vois que tout en remplissant ses papiers elle me tient à l'œil, comme si je lui faisais un peu peur. Il faudrait que je lui explique, mais la nuit n'y suffirait pas. Tout de suite, en entrant, Esther avait déballé sa valise, suspendu ses vêtements, empilé ses pulls sur une étagère, dans l'armoire, installé ses tubes de crème et ses flacons dans la salle de bains, tandis que moi je m'assois et la revois faire aussitôt – le plaisir manifeste qu'elle prenait à occuper tout l'espace dès que nous arrivions quelque part, à signifier qu'ici elle était désormais chez elle. C'était son habitude, elle n'entreprenait jamais rien avant d'avoir déballé ses affaires.

Après le dîner, comme on se déshabillait pour se coucher, elle avait dû penser à l'autre homme, c'était inévitable, se souvenir de son visage, de ses mots, de son corps, et dans le même instant songer que nous allions peut-être faire l'amour – que j'en exprimerais le désir en tout cas. Est-ce que dans les hôtels nous ne faisions pas toujours l'amour, autrefois ? Je me rappelle l'expression de son visage, alors qu'elle était déjà au lit, son livre entre les mains, à la fois d'ennui et de bienveillance. Nous n'avions pas fait l'amour. Je m'étais secrètement réjoui que nous ayons deux lits séparés, pensant qu'ainsi je parviendrais à dormir dans la même chambre qu'elle. Mais la lumière à peine éteinte – « Bonsoir, mon chéri, dors bien » –, mon cœur s'était mis à cogner de plus en plus violemment et j'avais dû m'enfuir dans l'autre chambre.

Maintenant, je me demande ce qu'Esther avait pu penser, soudain rendue à sa solitude. Elle avait dû songer à sa sauvegarde, à ce qui était le mieux pour elle. « Tu es si attentionné avec moi, Augustin, m'écrivait-elle souvent, je ne te dis pas assez combien je t'aime. » Et aussi : « Je n'ai jamais connu un homme aussi courageux que toi. » Alors était-il envisageable de me perdre ? Elle avait dû s'interroger de nouveau. Il y avait longtemps qu'elle n'avait plus de désir pour moi, mais j'étais le père de ses enfants, je l'aimais c'était peu dire, c'en était même un peu agaçant, à la longue, cette adoration que j'avais pour elle, ces photos d'elle que je collais partout dans mon bureau, un peu agaçant, oui, mais en même temps c'était l'assurance qu'elle ne manquerait jamais de rien aussi longtemps que je vivrais. Et même après, avait-elle dû se reprendre, un peu confuse, avec tous ces livres qu'il a écrits et qui continueront de rapporter des droits d'auteur. Même après. Bon, mais elle n'allait tout de même pas s'interdire de vivre par crainte de retomber dans la pauvreté. Et vivre, c'était avec cet homme, son amant. À ce moment-là, son cœur avait dû s'enflammer en se le représentant. Aussitôt qu'il apparaissait, elle était la fille de vingt-cinq ans qu'elle n'aurait jamais dû quitter, sensuelle et charmeuse, si à l'aise avec son corps. Elle m'avait voulu, moi, Augustin, elle s'en souvenait, elle ne le niait pas, elle avait voulu des enfants de moi, plus que tout, mais maintenant il lui arrivait de le regretter. C'était inavouable, bien sûr, mais c'était là. Elle s'était laissé prendre à tout ce truc, les enfants, la maison, le mariage, la famille (penser que c'était elle qui l'avait voulu, ce mariage !), et maintenant elle rêvait d'envoyer tout balader. Et lui qui était si jeune avait la capacité de lui rendre ses vingt-cinq ans. Elle n'était pas dupe, naturellement, mais tout de même, dans ses bras elle n'avait plus d'enfants, plus de mari, plus de vacances en famille – oh, ces vacances en famille qu'elle n'avait jamais supportées ! Dans ses bras, il lui semblait qu'elle allait pouvoir tout effacer, tout recommencer. Mais alors il faudrait me perdre, et elle n'était pas certaine... À quoi ressemblerait ma vie sans Augustin ?

avait-elle dû se demander pour la centième fois. C'était une question à laquelle elle était incapable de répondre.

Elle n'était pas encore prête à me perdre, voilà, c'est la réponse qui me vient, assis dans notre chambre d'hôtel. Le mieux, avait-elle dû se dire, c'est de tenter l'impossible pour garder les deux. Lui et Augustin. C'est pourquoi elle avait proposé ce voyage. Est-ce que je ne rêvais pas de partir pour Husum ? Eh bien elle allait me faire ce plaisir. Et ça serait un bon moment malgré tout.

La maison aux quatre cents fenêtres

Le lendemain, Esther et moi étions partis vers le nord à la recherche de Rugbüll. Le village ne figurait sur aucune des cartes que j'avais apportées de France, mais j'avais repéré près de la frontière avec le Danemark la maison d'Emil Nolde, le peintre (1867-1956). « Nolde Museum, Seebüll », était-il écrit. Or il est de notoriété publique que le personnage de Max Ludwig Nansen a été inspiré à Siegfried Lenz par Emil Nolde.

En quittant Husum, nous avions pris la route de Bredstedt qui longe les *koog*, ces immenses étendues fertiles gagnées sur la mer, Cecilien-Koog, Sophien-Magdalenen-Koog, Nissen-Koog, du nom de ceux qui financèrent ces conquêtes, ou de leurs descendants. Au loin, on apercevait la digue, majestueux serpent herbeux d'une vingtaine de mètres de haut qui ondoie tout au long du littoral et dont le dôme lisse et rond nous cachait la mer.

Esther était manifestement heureuse d'être là — « Ça va, mon chéri ? Tu as bien dormi quand même ? » Et un peu plus tard : « On est bien, non ? Tu ne trouves pas ? » Elle avait posé sa main sur ma cuisse tandis que je conduisais et, par moments, elle me signalait une chose extraordinaire du paysage – un vieux moulin encore debout parmi les éoliennes, les toits uniformément verts des énormes fermes du koog Nissen, le château d'un cargo glissant au-dessus de la digue, là-bas au loin, sous le ciel gris. La température était tombée à moins dix degrés, les terres étaient gelées, la glace avait figé l'eau des fossés.

Après Bredstedt, nous avions longé la digue en direction de Dagebüll. À deux ou trois reprises, nous nous étions arrêtés pour l'enjamber et contempler la mer. Elle avait laissé en se retirant une épaisse croûte de glace sur le watt désolé, sale et chaotique, et les quelques oiseaux encore en l'air, luttant contre le vent d'ouest, semblaient se demander où trouver refuge. Le bas du visage enfoui dans son écharpe, le bonnet enfoncé jusqu'aux yeux, fouettée par le vent, Esther n'avait pas regardé plus de deux ou trois minutes avant de dévaler la digue jusqu'à la voiture en riant et en hurlant que ce n'était pas un pays pour elle — « Oh ce froid, Augustin ! Ce froid ! Vite, ferme ta portière ! »

À Dagebüll, nous avions pris un café dans l'hôtel-restaurant qui surplombe l'embarcadère. La salle est confortable et bien chauffée et, de là, nous avions pu observer le départ du bateau pour les îles de Föhr et d'Amrum. La mer du Nord venait s'abattre rageusement sur la jetée, le vent d'ouest emportait la crête des vagues, jetant des tourbillons mousseux au visage des hommes qui s'activaient sur le port.

Puis par les petites routes nous avions gagné le village de Seebüll où se trouve la maison d'Emil Nolde. Je me souviens de mon émotion tandis que nous approchions de Seebüll et que mes yeux cherchaient à repérer sur l'horizon la « maison aux quatre cents fenêtres » de Max Ludwig Nansen, telle que la décrit Siegfried Lenz. Tandis que nous progressions, Esther me désignant les nombreux panneaux qui indiquent Seebüll, je me récitais silencieusement ce passage de Lenz qui introduit son livre et que je connais par cœur : « Je déroule tout simplement devant moi mon plat pays, j'y trace quelques fossés, quelques canaux noirs où j'installe des écluses hollandaises : sur les collines artificielles, je plante les cinq moulins que j'aperçois depuis mon hangar – parmi eux, mon moulin préféré, celui qui n'a pas d'ailes ; autour des moulins et des propriétés peintes en blanc ou en rouille, comme un bras courbé en un geste protecteur, je dispose la digue ; à l'ouest, je plante le phare coiffé de rouge puis je laisse la mer du Nord se briser sur la pierre [...] Et il ne me reste plus qu'à suivre l'étroit chemin de brique pour voir devant moi Rugbüll, c'est-à-dire surtout l'écriteau "Poste de police Rugbüll" sous lequel j'étais si souvent planté, attendant mon père, parfois mon grand-père, plus rarement ma sœur Hilke. »

Je voyais bien les fossés, les canaux noirs et leurs écluses, mais pas un moulin. Où étaient donc passés les moulins ? J'apercevais bien sur ma gauche le langoureux mouvement de la digue, « comme un bras courbé en un geste protecteur », je voyais bien les maisons « peintes en blanc ou en rouille » sous leur toit de chaume, mais je ne voyais pas le « phare coiffé de rouge », ni surtout, surtout, l'écriteau signalant Rugbüll. Celui-ci, je l'espérais fébrilement, plus que tout, me disant que lorsque je l'aurais trouvé, alors j'embrasserais dans un même regard la maison aux quatre cents fenêtres, le poste de police, et tout le paysage du livre de Lenz.

Mais nous étions arrivés à Seebüll, au seuil de la maison d'Emil Nolde, sans avoir trouvé Rugbüll. Car Rugbüll n'existe pas, Rugbüll est une invention de Siegfried Lenz. Ma déception avait été immense quand je l'avais compris, et durant les deux jours suivants je m'étais senti comme un invité à qui l'on a fait miroiter un château en Espagne et qui ne découvre sur place qu'une terre aride balayée par le vent. Je n'avais pas voulu le croire et, le gros livre de Lenz au fond de ma poche, j'avais entraîné Esther dans une quête entêtée, tournant autour de Seebüll, allant voir plus à l'ouest, du côté de Neukirchen et de Klanxbüll, puis plus au nord, du côté de Møgeltønder et de Højer, au Danemark, où l'on m'avait signalé un moulin, si je ne trouvais pas malgré tout des indices de Rugbüll – la maison aux quatre cents fenêtres, le moulin sans ailes, le phare, le poste de police.

Avant de me raisonner : Lenz avait plié la réalité à son désir, bien entendu, il avait eu besoin d'un village où se côtoieraient le peintre et le policier, où le policier emprunterait le chemin de la digue, bravant le vent et la pluie, pour se rendre chez le peintre, où les hommes du bourg se retrouveraient pour boire à l'auberge du Point de vue, sous le phare coiffé de son bonnet rouge, où il y aurait une presqu'île faite de dunes d'un sable doré introuvable ici et où le peintre aurait édifié une cabane en bois pour travailler dehors certains jours d'orage.

Esther et moi avions pris des chambres d'hôtel à Tønder, au Danemark – cette nuit-là j'avais pu me mettre à la place de Lenz et, relisant pour la troisième fois son livre, dessiner dans mon carnet le village introuvable de Rugbüll, avec la digue, les maisons des uns et des autres, le chemin de brique, les fossés, les canaux, les moulins...

Et voilà, je le tenais, Rugbüll.

Jolanthe

La maison-atelier d'Emil Nolde, plantée sur une éminence pour échapper aux inondations, compte peut-être une trentaine de fenêtres, mais évidemment pas quatre cents comme Siggi Jepsen, le fils du policier de Rugbüll, aime à le croire, porté par le culte qu'il voue au peintre. Ce n'est pas non plus une de ces longues maisons frisonnes, coiffées de chaume et de plain-pied, pouvant aligner jusqu'à quinze ou dix-huit fenêtres en façade. Non, c'est une haute maison de brique, une sorte de petit fortin cubique dominant le plat pays et largement ouvert sur les variations de la lumière. Emil Nolde en a lui-même dessiné les plans et la construction a nécessité dix longues années de travaux, de 1927 à 1937.

C'est dire que la guerre l'y trouve, installé là depuis seulement deux ou trois ans, au côté de sa femme, sa chère Ada, dont il a fait sceller la première lettre du prénom entre ses propres initiales, E. A. N., pour Emil Ada Nolde, en grosses lettres de bronze sur un des flancs de la maison. Emil a trente-cinq ans lorsqu'il épouse Ada

Vilstrup, en 1902. Elle a vingt-trois ans, elle est comédienne, fille d'un pasteur de Copenhague. Sur leur photo de mariage, elle apparaît d'une grande beauté, les cheveux noués en chignon, le front haut, les joues lisses et enfantines encore mais le regard profond, empreint d'une étonnante détermination. Elle se tient debout et fixe l'objectif, tandis que lui, assis, la contemple gravement, les mains jointes et comme en adoration. De son corps mince, de ses bras disposés sur le fauteuil de telle façon qu'ils entourent son époux, elle semble déjà se positionner en protectrice inlassable de sa personne, de son travail, de l'œuvre immense à venir. Lui est issu d'une famille de paysans pauvres. Avant de se mettre à peindre sur le tard, il a été apprenti, a obtenu son diplôme d'ébéniste et de sculpteur sur bois, travaillé à Munich puis à Karlsruhe, enseigné le dessin industriel et les arts décoratifs à Saint-Gall, en Suisse. En 1901, lorsqu'il rencontre Ada, il a déjà tourné le dos à tout cela, il veut peindre, il arrive de Paris où il a vu des sculptures de Rodin, des toiles de Monet, Cézanne, Van Gogh, Gauguin. Il a découvert Maxime Gorki, Jens Peter Jacobsen, Knut Hamsun. C'est un homme sombre, malheureux, qui a suivi des cours de peinture ici et là, mais qui n'a pas encore accouché de lui-même. Ses premières toiles ne seront exposées qu'en 1906, à la veille de sa quarantième année.

Esther et moi avions passé la journée dans la maison-atelier d'Emil Nolde. Des dizaines d'œuvres y sont exposées, mais il y a aussi beaucoup de photos, beaucoup à lire, et c'est ainsi que j'avais découvert le passé de Max Ludwig Nansen, l'incarnation de Nolde dans le roman de Lenz, que l'écrivain ne nous raconte pas. Certes, on devine à chaque page l'amour que le peintre voue à sa femme, Ditte, hôtesse à la fois rude et souriante de la maison aux quatre cents fenêtres, « dans sa longue robe rêche qui lui donnait l'air sévère d'une de ces prophétesses de village comme on en rencontre dans le Holstein », mais Lenz ne nous dit pas à quel moment de leurs vies ils se sont rencontrés, ni d'où ils venaient l'un et l'autre, ni ce qu'ils avaient vécu avant de se marier, etc., etc. Comme c'était intéressant, par exemple, de mettre des traits sur le visage de Ditte (ceux d'Ada, bien entendu), et j'avais alors immédiatement partagé l'adoration du peintre pour sa femme. Il est certain que moi aussi, m'étais-je dit en sortant discrètement ma loupe pour mieux embrasser son visage, je serais tombé follement amoureux de Ditte.

Comme c'était intéressant également d'observer le peintre au travail sur ces vieilles photos de 1938 et 1939, debout devant son chevalet, son chapeau sur la tête, son manteau lui tombant jusqu'aux souliers, et de mesurer ainsi combien est juste le regard que pose Siggi Jepsen sur son vieil ami. « Il portait un chapeau, se souvient-il, un feutre qu'il rabattait sur le front : ses yeux gris reposaient dans la mince zone d'ombre projetée par les bords très proches du couvre-chef. Son manteau était vieux, rapiécé dans le dos. C'était le manteau bleu aux poches profondes dans lesquelles il prétendait pouvoir faire disparaître, comme il nous en menaça un jour, les enfants qui le dérangeaient au travail. Ce manteau gris-bleu, il le portait en toutes saisons, dehors et dedans, par pluie et par beau temps ; peut-être même dormait-il dans son manteau ; en tout cas ils ne sortaient jamais l'un sans l'autre. Et pourtant on aurait pu croire parfois, certains soirs d'été, quand de lourds convois de nuages se rassemblaient au-dessus du watt, que c'était le manteau seul, sans le peintre, qui se promenait là, le long de la digue et inspectait l'horizon. »

Pendant quelques heures, j'avais pu croire qu'Emil Nolde et Ada étaient réellement à l'image de Max Ludwig Nansen et Ditte, qui tout au long du livre de Siegfried Lenz incarnent obstinément la générosité, l'ouverture, l'intelligence – en pleine guerre, n'est-ce pas, quand les hommes sont capables du pire. Et en même temps, je savais bien que c'était impossible. Si j'avais tellement aimé le livre de Lenz, au point de vouloir y habiter, c'était que le couple du peintre y porte cette élégance absolue des sentiments qui ne se trouve pas sur la Terre. Je le savais. Quelque chose dans ce livre avait réveillé en moi l'enfant lecteur, celui qui avait ardemment souhaité, à treize ou quatorze ans, quitter ce monde pour emménager dans celui des livres où parmi la foule des affairistes et des malins surgit invariablement un personnage animé d'une belle âme, je veux dire par là de sentiments forts auxquels il se tient, quoi qu'il lui en coûte. Max Ludwig Nansen et

Ditte sont de cette espèce, par leur foi dans le bien dont ils ne dévient jamais ils nous sauvent de l'inhumanité, du chaos, de la désespérance, et nous donnent l'illusion qu'auprès d'eux nous pourrions aimer la vie.

Mais tandis que je m'interrogeais sur les similitudes entre les deux couples, celui de Seebüll et celui du livre, établissant des comparaisons entre les photos légendées que je scrutais à la loupe et le roman de Lenz que j'avais parfaitement en mémoire, j'étais tombé soudain sur une nouvelle qui m'avait laissé sans voix : en 1948, Nolde s'était remarié avec une jeune fille dont je découvrais le visage, Jolanthe Erdmann. Je me doutais qu'Ada était morte, puisque Lenz nous raconte la mort de Ditte, et même son enterrement « sous la neige, sous la pluie », mais jamais je n'aurais imaginé que le peintre ait pu un jour la remplacer. D'ailleurs, Lenz ne nous dit rien de ce second mariage, comme si lui aussi, m'étais-je dit aussitôt, en avait éprouvé une certaine déception. Comment Nolde avait-il pu remplacer Ada ? avais-je songé, en proie à une forme sourde d'abattement, avant de me rendre compte que c'était évidemment l'enfant en moi qui protestait. L'homme comprenait : deux ans après la mort d'Ada, en 1946, Nolde avait été charmé par le visage de Jolanthe, de cinquante-cinq ans sa cadette, qui venait souvent le regarder travailler dans son atelier, elle avait ressenti une émotion de même nature pour le vieux peintre au regard gris, ils avaient su trouver les mots pour se le dire et ils s'étaient mariés. L'homme était un peu triste de ce mariage, se souvenant d'Ada, de son amour, de sa beauté, de l'ardeur qu'elle avait mise à défendre l'œuvre du peintre, renonçant à son métier de comédienne, mais il comprenait, oui. Seul l'enfant protestait en lui. Mais de quoi se plaignait l'enfant ? s'était soudain demandé l'homme. Lenz ne lui avait pas imposé ce second mariage, il avait voulu au contraire que le peintre vieillisse seul, jusqu'à la dernière page, dans le culte d'Ada et la maison aux quatre cents fenêtres. L'enfant lecteur pouvait être satisfait, le peintre avait été jusqu'au bout à la hauteur de son personnage.

En somme, m'étais-je dit, tout est conforme à l'idée que j'entretiens de la vie : elle est grande et enviable dans les livres, intéressée et impitoyable sur la Terre.

Qui pourrait avoir envie d'habiter Husum ?

Le lendemain de ma première nuit à Husum, j'ai quitté la chambre 6 et je suis parvenu à louer dans la journée un appartement, chaussée de Flensbourg. L'endroit où j'habite désormais, un sévère bâtiment de brique, est une ancienne caserne rachetée par l'académie du Schleswig-Holstein. Celle-ci l'utilise pour héberger des professeurs et des étudiants en formation pour quelques jours, et comme elle ne parvient pas à le rentabiliser, elle l'ouvre à des artistes, photographes, peintres, écrivains. Les fenêtres de l'appartement que j'occupe donnent sur de grands sapins au travers desquels s'engouffre le vent d'ouest – la nuit, le bruissement continu de leurs branches, si semblable au chuintement lointain de la mer, me tranquillise. D'interminables couloirs desservent les logements des uns et des autres, j'y croise parfois des locataires, mais comme les gens sont de passage, ils ne cherchent pas à engager la conversation, à savoir qui vous êtes et ce que vous faites ici, ce qui m'arrange bien parce que je ne saurais pas quoi leur répondre.

Chaque fois que je me remémore ma conversation avec Curtis, je ne peux pas m'empêcher d'éprouver un instant de doute, et même d'hébétude.

— Vous me parlez du livre de Lenz, Augustin, mais vous, qu'allez-vous écrire ?

— Dans mon rêve, celui que je me construis pour m'endormir le soir, je m'installe à Rugbüll, je retrouve tous les personnages de Lenz, ou du moins leurs descendants, les maisons des uns et des autres, en tout cas celle du peintre et celle du policier, le moulin désaffecté, le chemin de brique, les fossés, la digue – la digue, bien sûr ! – et j'écris la suite du livre de Lenz.

Tandis que je lui parlais, le souvenir m'était revenu que Rugbüll n'existait pas, pas plus que la maison aux quatre cents fenêtres ou le chemin de brique, mais j'avais chassé aussitôt la tentation de le lui dire, et je sais bien pourquoi : tout au fond de moi demeurait l'espoir qu'Esther et moi n'avions pas suffisamment cherché. Certaines nuits, cet espoir me tirait du sommeil et, penché sur mes cartes, je me remettais à fureter avec l'une de mes loupes. Nous n'avons pas pu tout voir, me disais-je, et par exemple nous avons négligé Rodenäs, tiens, au nord-ouest de Neukirchen, bien plus proche de la digue, et qui pourrait parfaitement convenir... Oh, me disais-je encore, entourant aussitôt Rodenäs au crayon rouge, si seulement je pouvais tomber sur le poste de police, ou sur le moulin sans ailes...

Un autre que Curtis aurait mis un terme à notre conversation – personne ne peut s'autoriser à écrire la suite d'un roman qui n'est pas de lui, bien entendu –, mais Curtis avait laissé tomber et m'avait donné l'argent dont j'avais besoin pour partir. Cette capacité à laisser tomber, c'est une chose que j'admire énormément chez lui. Moi, je ne laisse jamais rien tomber, et je vois combien cela me fatigue.

Dès le lendemain de mon installation dans l'ancienne caserne, je me suis mis au travail. Après avoir bu mon café, je suis allé faire un tour dans la zone industrielle toute proche, dans le vent et la pluie, et c'est au cours de cette promenade – mais je l'ai déjà dit – que j'ai pris la décision de me mettre à écrire.

Je travaille tous les matins, tandis que l'après-midi je me promène. J'essaie de retrouver l'émotion qui m'avait saisi en découvrant Husum au côté d'Esther. Tout au long du roman de Lenz j'avais brûlé du désir de connaître Husum. C'était d'Husum que surgissait toujours la lourde voiture verte de la Gestapo, c'était à Husum que se décidait le sort des habitants de Rugbüll, à Husum encore qu'on avait emmené un jour le peintre entre deux agents de la Gestapo, ne sachant pas si on le reverrait vivant. Husum, dont la sonorité du nom avait fini par se confondre dans mon esprit avec toutes les déclinaisons possibles du mot « brouillard », était devenu pour moi le lieu du mystère, de la disparition. D'ailleurs, est-ce qu'une corne de brume ne mugit pas sinistrement : « Hu-sum, Hu-sum » pour signaler aux marins la présence d'un danger ? D'un récif ? Or voilà que j'avais marché pour la première fois dans cette ville avec Esther qui allait précisément disparaître quelques mois plus tard...

Les premiers temps, je ne pense qu'à elle. Je vais m'asseoir dans le restaurant où nous avions dîné, errer sur le port où nous avions vu les chalutiers prisonniers de la glace, marcher le long du littoral où nous avions couru certains matins dans l'étrange brume gelée qui s'élevait du watt – elle était si dense, par moments, qu'Esther y disparaissait déjà et que je m'entendais l'appeler : « Où es-tu, Esther ? Réponds-moi, je ne te vois plus... » Puis je me rappelle qu'il y a toujours eu d'autres hommes dans la vie d'Esther, qu'à Husum il y avait un autre homme, que je ne dois plus croire aux mots d'Esther que ma mémoire a conservés comme des trésors, aux mots si tendres d'Esther, qu'ils n'étaient là que pour sa sauvegarde, pour lui assurer l'amour et la reconnaissance dont elle a tellement besoin, et alors je m'en veux de me torturer.

Maintenant j'oublie Esther, je suis capable d'oublier Esther, et je me promène librement dans Husum. J'aime la rue du port, Hafenstrasse, dont les maisons colorées donnent sur le chantier naval et le bassin où se balancent toujours à quai quelques chalutiers, mais j'aime surtout les ruelles tortueuses juste derrière qui rappellent ce que fut Husum il y a un siècle et demi peut-être, avant que les commerçants ne fassent de la place du marché le centre de la ville. C'est dans l'une de ces ruelles, Wasserreihe, qu'habitait Theodor Storm (1817-1888), le grand écrivain d'Husum. Après avoir lu Lenz, et avant même de découvrir Husum, j'avais passionnément lu Storm. L'homme est hanté par la disparition, celle de ceux qu'il aime, la sienne propre, et celle d'Husum, sa ville natale. L'entrée de la mer dans la ville par des nuits sans lune, le son des cloches pour prévenir du danger, la montée rapide des eaux et les appels désespérés de ceux qui se noient sont des scènes que l'on retrouve dans toute son œuvre. Avec des phrases à vous figer le sang, comme celle-ci : « Et tu le sais bien, toi aussi, nous autres vieux, quand on arrive après la Toussaint, nos pieds se glacent, le soir, dans notre lit, et, au lieu de dormir, nous entendons le norois qui fourgonne dans nos volets. Je n'aime pas à l'entendre, ce vent-là, car il vient de l'endroit où mon gars s'est noyé dans la vase. »

Dans la plupart des nouvelles de Storm il est question de la digue, « ce rempart gazonné » qu'il faut sans cesse surveiller, consolider, surélever, et la digue et son chef, le *Deichgraf*, sont les héros de son ultime roman, *L'Homme au cheval gris*. C'est que Storm porte en lui le souvenir terrifiant des grands raz-de-marée (1362, 1436, 1570, 1634, 1721...) qui ont fini par emporter tout le littoral de cette partie du Schleswig, noyant des dizaines de milliers d'habitants et faisant d'Husum, longtemps simple bourg agricole perdu au milieu du plat pays, une ville portuaire à son tour obligée de se défendre contre les assauts de la mer. Combien de temps tiendra la digue ? semble-t-il se demander à chaque page. Et si haute soit-elle, résistera-t-elle au prochain raz-de-marée ? Il n'y croit pas. Storm, le bien nommé, est l'homme le plus pessimiste, le plus sombre qui se puisse rencontrer, il pense qu'une nuit ils disparaîtront tous, emportés par la mer comme leurs frères des siècles précédents, et qu'il ne restera rien d'Husum qu'une nouvelle étendue de vase.

Qui pourrait avoir envie d'habiter Husum après avoir lu Theodor Storm ?

Une bonne raison de vivre

Ou alors, plutôt que de flâner dans les petites rues derrière le port et d'entrer encore une fois dans la maison de Theodor Storm que le conservateur m'ouvre volontiers car il n'y a guère de visites en cette saison, j'enfourche mon vélo et je roule sur la digue, contre le vent et la pluie, en direction de Wobbenbüll et de Bredstedt. Partout, des hommes s'échinent à réparer ce que la tempête de la semaine précédente a détruit. Poussée par des vents de cent soixante-dix kilomètres à l'heure, la mer a complètement recouvert le watt avant de se ruer sur la digue. On peut voir qu'elle est arrivée jusqu'à moins de deux mètres de la crête car elle a laissé là un lourd cordon de débris végétaux entremêlés de cadavres d'oiseaux et d'objets arrachés ici ou là – haussières et filets de chalutier, bouées, feux de détresse, balais, paniers, bouteilles, fragments de barrière, et toutes sortes de morceaux de bois, certains encore porteurs d'une ferrure ou d'un tronçon de fil de fer barbelé.

Maintenant qu'elle est repartie, on peut recenser tout ce que les hommes ont construit au fil des années pour freiner son élan et briser sa colère. Aussi loin que porte le regard, ils ont quadrillé les étendues désolées de la vase de petites clôtures faites d'une double rangée de pieux à l'intérieur de laquelle ils ont entassé des branchages. Surgissant de l'horizon en longues vagues grises ourlées d'écume, sûre de son assaut, la mer se prend dans ces petites clôtures, elle s'y blesse et s'y morcelle, mais au début elle ne semble pas croire la chose possible – qu'on puisse songer l'arrêter avec de simples branchages, n'est-ce pas ? Aussi se cabre-t-elle, s'énerve-t-elle, bouillonne-t-elle en tous sens, mais au bout du compte c'est un spectacle étonnant que de la voir s'épuiser. Qui aurait pu imaginer qu'avec de modestes branchages... Les hommes d'ici l'ont imaginé, ça ne coûte pas cher en matière première, mais il faut les voir réparer inlassablement les pieux, apporter de nouveaux branchages avec leurs tracteurs maculés de vase pour deviner ce que ça leur coûte en peine.

À la sortie de cette épreuve, la mer n'a pas renoncé, bien sûr, mais elle a pris dix ans, elle n'est plus la même. Or il lui reste à affronter le watt, cette immense étendue de terre argileuse plantée d'herbe et parcourue de profonds fossés qui fait office de contrefort à la digue. La mer n'a guère de prise sur le watt que les hommes ont édifié avec l'argile puisée sous la vase, car l'argile se densifie en se tassant et elle demeure aussi peu sensible aux coups que du caoutchouc. Et puis les hommes ont trouvé le moyen d'y faire pousser ce gazon qui ne craint pas le sel et c'est encore un autre spectacle que de voir la mer furieuse s'épandre lamentablement sur le watt, comme si elle perdait pied en quelque sorte, glissant sur ce maudit gazon sans jamais parvenir à l'entamer et finalement s'abîmant dans les profonds fossés qui quadrillent le watt.

Puis il y a la digue, le majestueux rempart, lui aussi planté de gazon, et en pente si douce que la mer vient y mourir pour peu que le vent se soit enfin calmé. Alors, depuis la crête, on peut prendre la mesure du péril qui faisait trembler Storm, car tandis que la mer est là, si haute qu'on pourrait la toucher du pied, Husum repose de l'autre côté, en contrebas de l'effrayante masse d'eau. Que la digue se rompe et la ville serait engloutie. En 1962, le vent ne s'était pas calmé, la mer avait vaincu tous les obstacles et tout au long de la côte elle avait enfoncé les digues. On avait eu le temps d'évacuer les populations vers l'intérieur des terres, mais à Hambourg il y avait eu plus de trois cents morts.

Une fois passé Wobbenbüll, il faut continuer de pédaler, sous la protection de la digue cette fois, en direction de Bredstedt, parmi les troupeaux de moutons, les fossés gorgés d'eau, et dans cette odeur délicieuse d'étable et de purin que le vent charrie d'une ferme à l'autre sous le ciel des koog. Puis bientôt, prendre sur la gauche une route étonnante, construite au milieu de l'eau, et dont le terminus annoncé serait l'îlot de Nordstrandischmoor. Comment est-ce possible ? Comment cette route irait-elle jusqu'à cet îlot perdu en mer ? Mais bien sûr, elle ne va pas jusque-là, après quelques kilomètres elle vient buter sur une nouvelle digue et c'est à ce moment seulement, grimpant sur la crête, que l'étranger prend l'exacte mesure de la pugnacité des hommes d'Husum. Car cette nouvelle digue, ils l'ont carrément édifiée en pleine mer, emprisonnant une bonne partie de l'eau, peut-être quatre ou cinq fois la surface de la ville d'Husum, si vous voyez un peu. Mais pourquoi ? se demande l'étranger. Qu'ont-ils eu besoin d'entreprendre ces travaux pharaoniques pour gagner quelques hectares de marais et de vase quand l'intérieur des terres est vide – une ferme tous les trois ou quatre kilomètres, et encore ? Mais pourquoi ? Eh bien pour commencer de reprendre à la mer un peu de ce qu'elle leur a volé.

Comme c'est extraordinaire, cet acharnement des gens d'Husum à ferrailler avec la mer. Ils parlent sans cesse d'elle, tous les dimanches ils vont la défier en famille depuis la digue, et il n'y a pas besoin de beaucoup les pousser pour ressentir combien ils sont en colère. Il y a de quoi, bien entendu. Est-ce qu'ils ne vivent pas sous la menace permanente d'être engloutis, après avoir vu disparaître une bonne partie de leur territoire ? La colère est aussitôt là, oui, et il n'y a pas besoin de beaucoup la solliciter. Ah-ah, disent-ils, ils ne vont pas se laisser faire, et la meilleure preuve c'est qu'ils regagnent du terrain. L'étranger a-t-il pris la peine d'aller voir la nouvelle digue ? Oui, il y est même retourné encore une fois, et il a découvert avec stupeur que les hommes d'Husum sont parvenus à construire une mini-voie ferrée depuis la nouvelle digue jusqu'à l'îlot de Nordstrandischmoor, une voie que la mer recouvre mais qui est praticable à marée basse et que les dix-huit habitants de l'îlot (dont deux enfants) sont bien heureux d'emprunter à bord de petits wagons motorisés pas plus gros que des Fiat 500. À sa première visite, stupéfait par l'immensité de la digue, l'étranger n'avait pas prêté attention à ce petit train. Quelle rage faut-il avoir au fond de soi, se demande-t-il à présent, pour relier à la terre ferme un îlot pas plus grand qu'un mouchoir de poche et soutenir le combat de ses habitants pour s'y maintenir, quoi qu'il en coûte (avec seulement deux élèves, l'école de l'île est la plus petite au monde) ?

C'est qu'ici, à Husum, l'engagement contre la mer semble être la seule croisade qui vaille, et gare à celui que cela ferait sourire. Il s'en est trouvé pour dire qu'ils n'allaient pas se ruiner la santé avec ces putains de digues, les travaux dans la vase par tous les temps, le watt et sa maudite pelouse, quand il leur suffirait de s'installer trente kilomètres à l'intérieur des terres pour avoir la paix. Malheur à eux – ils ont été priés de déguerpir sur-le-champ. « Qui ne travaille pas à la digue s'en va », dit un vieux dicton. L'homme d'Husum doit faire don de sa personne aux digues, y engager ses forces, sa famille, ses économies, son tracteur, sa brouette… et pour se donner du cœur à l'ouvrage entretenir quotidiennement sa colère contre la mer et le sombre pressentiment qu'il mourra un jour noyé, comme le lui a prédit Theodor Storm.

Dans ce monde où tant de gens se cherchent une bonne raison de vivre, ceux-là se la transmettent de génération en génération, et ils ne veulent pas qu'on les en détourne.

Où se loge la vie après l'effondrement ?

Quand je suis fatigué d'être seul, je m'invite à dîner chez les Falkenberg, Helmut et Sofie, tous les deux le même âge, quatre-vingt-cinq ans. Nous nous sommes rencontrés un soir devant le théâtre de Kiel où une troupe française donnait *Par les villages*, de Peter Handke. Nous étions nombreux à attendre sur le parvis que les portes s'ouvrent, les gens s'exprimaient en français, à l'exception de ce couple âgé qui tenait en allemand une conversation discrète et affable. Ce qui avait attiré ma curiosité, c'était le regard de cet homme sur sa femme – il l'écoutait en songeant qu'il l'aimait, que le temps n'y changeait rien, que c'était elle qu'il aimait.

À l'entracte, je m'étais trouvé près d'eux au bar – « Vous comprenez donc le français ? » leur avais-je demandé en souriant, et nous avions commencé à bavarder. Mais de quoi avions-nous parlé ? Du poids de l'idéologie des parents à l'intérieur des familles, de l'émancipation de certains enfants, des ruptures entre frères et sœurs qui en découlent – du fait de la pièce d'Handke, bien sûr. Lui s'exprimait dans un français châtié ; elle le comprenait, mais avait des difficultés à trouver ses mots. Au moment de regagner nos places, nous avions découvert que nous arrivions du même endroit, Husum, et ils m'avaient proposé de rentrer en voiture avec eux.

Helmut Falkenberg parle plusieurs langues parce qu'il a vendu dans toute l'Europe des roulements à billes fabriqués à Essen. Sofie était couturière au début de leur mariage, puis elle a suivi son mari dans ses tournées en Italie, en Espagne, en France, en Belgique, en Suède, et c'est comme cela qu'elle s'est mise à peindre. Une autre aurait pu prendre des photos, ou tenir un journal intime – elle s'est mise à peindre. Quelques années plus tard, des galeries de Rome, de Bruxelles et de Berlin ont vendu beaucoup de ses aquarelles. Elle a conservé ses préférées, des mers en hiver, des ciels d'ici, des toits de Venise, une ferme des Cévennes...

Elle est née en Prusse-Orientale, dans un village qui se trouve aujourd'hui en Pologne. Elle se souvient très bien de l'arrivée des Russes, du grondement terrifiant de leurs canons, et de sa fuite l'après-midi même avec une seule valise pour toute la famille. Elle avait quatorze ans en janvier 1945. Avec les siens, elle a traversé l'Allemagne en feu dans des wagons à bestiaux, et après une dizaine de jours ils sont arrivés du côté de Kassel.

Elle aurait voulu faire des études de biologie mais elle est devenue couturière pour gagner rapidement sa vie. C'est dans un petit bal villageois, près de Kassel, qu'elle a rencontré Helmut en 1951.

Lui habitait une ville de la Ruhr. À peu près au moment où Sofie et sa famille fuyaient les Russes vers l'ouest, Helmut et ses parents fuyaient vers l'est les bombardements anglais et américains. Le père, qui tenait un commerce d'horlogerie, avait adhéré très tôt au parti nazi. Helmut était entré dans les Jeunesses hitlériennes, il se souvient du bon esprit qui y régnait : « C'était un peu comme les scouts », dit-il. Il se rappelle les discours d'Hitler et la foi qu'avait son père en cet homme – il allait sauver l'Allemagne, lui rendre sa grandeur. Jusqu'à la fin, ils y ont cru. Jusqu'à leur retour chez eux, quand on leur a dit qu'ils pouvaient rentrer. Du magasin et de la maison, il ne restait rien. Helmut décrit sa sidération devant l'« aplatissement » de l'immeuble où ils habitaient. C'est le mot qui lui vient, « aplatissement ». Puis il décrit l'hébétude du père, sa douleur, ses larmes silencieuses, et il sourit en contrepoint, comme pour s'excuser, en racontant que ce qui l'a le plus atteint, lui, Helmut, c'est de retrouver dans le chaos de la rue des pages éparpillées de ses livres qui avaient été soufflés par l'explosion. Ses précieux livres, mais seulement des livres, n'est-ce pas, quand le père avait perdu toutes ses horloges.

Le père est mort quelques semaines après ce retour. Du typhus, c'est ce qu'on a cru, en tout cas de la fièvre. Helmut avait quatorze ans, il s'en veut encore de n'avoir pas su partager la souffrance du père – devoir tout reconstruire à quarante ans passés. Où se loge la vie après l'effondrement ? Il explique qu'il a dû se poser la question (tout comme son père, sans doute), et que la réponse lui est aussitôt apparue : dans les livres. Avant même la guerre, il échappait au quotidien en se réfugiant dans les livres. Il ne ratait aucun des romans de Karl May, l'homme qui racontait le Far West à travers les personnages mythiques du Blanc Old Shatterhand et de l'Apache Winnetou. Pendant la guerre, il avait dévoré les biographies des héros germaniques que les nazis avaient tirés de l'oubli et que son père lui passait, mais sans jamais cesser de lire le grand Karl May dont il chérissait chacun des livres – ceux dont les pages reposaient dans la rue, parmi les décombres de leur maison. Avec l'arrivée des Américains, du côté de Kassel où il est retourné vivre avec sa mère, il découvre les *Signet books*, ces éditions de poche que les soldats laissent sur place après les avoir lues, ou lui donnent. C'est ainsi qu'il perfectionne son anglais en lisant *Sister Carrie* de Theodore Dreiser, *A House in the Uplands* et *Tobacco Road*, d'Erskine Caldwell, et des dizaines d'autres. La guerre a détruit ses Karl May, mais il a conservé tous ses *Signet books* dans leur maison d'Husum. « Je ne sais pas quelle aurait été ma vie sans les livres, dit-il. J'y ai toujours trouvé l'espace nécessaire pour rêver et reprendre des forces. »

Un autre soir, je demande à Sofie comment le désir de peindre lui est venu. Elle ne sait pas, ou elle n'a pas envie de me le dire, mais un peu plus tard elle y consent : sa mère peignait dans le village de Prusse-Orientale où ils habitaient. Elle la revoit en train de peindre, oui, mais elle n'a rien pour étayer son souvenir, toutes les aquarelles ont été abandonnées avec l'arrivée des Russes et, par la suite, la mère n'a plus touché un pinceau.

« Sofie est heureuse de peindre, dit Helmut en la regardant comme l'autre soir devant le théâtre de Kiel. Qui peut savoir ce qu'elle cherche, n'est-ce pas ? Remonter le temps ? Reprendre la vie là où elle s'est interrompue ? » Il sourit, tandis que Sofie s'absorbe dans son assiette.

— Et vous, Augustin, me demande-t-il soudain, pourquoi écrivez-vous ?

— Oh, je tomberais malade si je n'écrivais pas.

Cela le fait rire.

— Nous sommes dans un train dont nous ne connaissons pas la destination, dis-je, et il faudrait accepter de bavarder gaiement et de chanter. Je n'y arrive pas.

— Vous pourriez vous satisfaire de lire, comme moi.

— Et que faire entre les livres ? On ne peut pas tout le temps habiter le même livre...

— Regarder le paysage par la fenêtre, parler avec les autres voyageurs, boire un bon vin, tomber amoureux d'une jolie femme...

— Oui, bien sûr, on peut se distraire pendant que le train roule... Ce sont des moments agréables et j'en profite aussi. D'ailleurs, vous voyez bien, je suis là avec vous. Mais très vite la colère me reprend. Je crois que je suis profondément en colère d'être transporté contre mon gré. C'est pourquoi j'ai besoin d'écrire. Pour dire combien c'est impossible, humiliant. Pour protester, quoi.

Cette fois, nous rions ensemble.

— Vous pourriez descendre du train.

— Sauter en marche, vous voulez dire ? Ah non, sûrement pas !

Il pose sa main sur mon poignet.

— Vous êtes tout à fait comme les gens d'ici, Augustin, vous êtes en colère mais vous n'aimeriez pas qu'on vous retire le motif de votre colère. Alors vous restez et vous rouspétez, n'est-ce pas ?

— Oui, voilà, j'écris pour rouspéter.

— Comme les gens d'ici, répète-t-il. Vous savez ce qu'on dit à Husum ? « Qui ne veut pas céder doit endiguer. » Vous ne voulez pas céder, alors vous endiguez.

Il se tait, regarde sa femme.

— Et peut-être Sofie fait-elle la même chose, reprend-il. À sa façon, silencieuse et contemplative. Mais vous savez, elle aussi c'est une entêtée.

Frau Ohlmann

Un matin, je pressens que le mystère d'Husum est en train de s'épuiser. Les premiers temps, quand je parcourais les rues de la ville, je cherchais une histoire derrière chaque maison, je me demandais si les gens qui y habitaient avaient pu connaître le peintre, par exemple, s'ils avaient fait partie des quelques personnes à se poster silencieusement devant le siège de la Gestapo pour lui manifester leur affection (puisqu'il paraît que certains ont osé), j'entrais dans les cours et je m'y asseyais un moment, quand des habitants apparaissaient je leur demandais en anglais si leurs parents habitaient déjà ici pendant la guerre et il s'en trouvait pour me raconter un souvenir, ou m'inviter chez eux à voir des photos de cette époque durant laquelle le drapeau de l'Allemagne nazie flottait sur le fronton de l'hôtel de ville (l'ancien, celui qui se trouve sur la place du marché avec ce clocheton sur le toit dont parle Theodor Storm, destiné à prévenir la population de l'arrivée de l'eau), ou encore m'offrir une ou deux cartes postales d'avant la guerre, puis un café autour duquel je leur demandais s'ils avaient connu le peintre, Max Ludwig Nansen, et je riais quand ils me corrigeaient – « Vous voulez dire Nolde ? Emil Nolde ? Ici, nous n'avons qu'un seul peintre mais il est connu dans le monde entier ! » –, je riais parce qu'à force d'habiter le livre de Lenz je me rendais compte que j'en arrivais à oublier de convertir les noms, pour un peu je leur aurais demandé si on savait dans le pays ce qu'était devenu le policier de Rugbüll, l'homme qui était allé jusqu'à épier le peintre au milieu de la nuit pour s'assurer qu'il respectait l'interdiction de peindre édictée par Berlin, et cela par souci du devoir alors que le peintre était son plus vieil ami. Marchant dans les rues d'Husum, je m'interrogeais à chaque instant sur le destin du policier de Rugbüll, comme s'il avait véritablement existé – avait-il repris son poste après la guerre ? Était-il allé supplier le peintre de lui pardonner, ou était-il mort fier de ce qu'il avait accompli ? –, mais jamais je n'étais allé jusqu'à demander de ses nouvelles aux gens d'Husum, on aurait dit qu'au dernier moment une alarme m'avertissait de me taire. Oui, les premiers temps je cherchais une histoire derrière chaque maison, mais petit à petit les enseignes des commerçants se sont mises à me sauter au visage, et maintenant je ne vois plus qu'elles, comme si elles s'étaient donné le mot pour me cacher les maisons

– Optik Hallmann, Elektro Conrad, Husumer Volksbank, Möbel Tischlerei...

Je songe qu'il va falloir que je m'en aille pour qu'Husum retrouve sa part de mystère et, un jour, ma décision est prise. Je vais parcourir une dernière fois la digue à vélo en direction de Bredstedt, me dis-je, puis je rendrai les clés de mon appartement et je partirai plus au nord, à la recherche de Rugbüll. Tout au fond de moi demeure l'espoir qu'Esther et moi n'avons pas suffisamment cherché – mais je l'ai déjà dit, n'est-ce pas.

Après Wobbenbüll, je pénètre dans les koog et je roule dans cette bonne odeur d'étable et de purin, parmi les troupeaux de moutons, les oies sauvages et quelques chevaux grelottant sous leur couverture. Il a plu une grande partie de la nuit et les terres sont inondées. Tout au long de Cecilien-Koog je progresse facilement sous la protection de la digue, mais le vent d'ouest me rattrape par le travers à l'entrée de Nissen-Koog. Sans doute est-ce la soif qui me fait penser que je pourrais m'arrêter chez Frau Ohlmann pour la remercier encore une fois et lui faire mes adieux. Peut-être deux semaines plus tôt, j'ai crevé près de chez elle et elle m'a raccompagné en ville au volant d'un vieux pick-up Chevrolet, mon vélo couché à l'arrière dans des restes de purin. Puis au moment de me dire au revoir, dans le crépuscule déjà, devant l'ancienne caserne où j'habite, nous avions eu cet échange qui m'avait laissé perplexe : « Vous repasserez ? m'avait-elle demandé. — Pardon, je ne comprends pas ! — Vous repasserez me voir un de ces jours ? — Ah oui, oui, bien sûr ! » Le regard qu'elle avait eu à ce moment-là, comme suprêmement agacée.

Bien entendu je n'étais pas repassé. À cause de ce regard, précisément. Seulement là j'ai une bonne raison de la déranger – je m'en vais.

— Ah vous voilà ! dit-elle en m'ouvrant. Je pensais que je ne vous reverrais jamais.

— Je vais quitter Husum, je voulais vous dire...

— Commencez par entrer et par enlever votre manteau.

Je n'ai pas compris où était son mari, nous parlons l'un comme l'autre un mauvais anglais. Mais j'ai compris qu'elle m'avait attendu pendant ces deux semaines. Je l'entends respirer, elle me tourne le dos, je songe que j'aimerais connaître son prénom, que ce fut un plaisir exaltant de la déshabiller, de la caresser, puis ses mains sur mon corps – depuis combien de temps est-ce qu'on ne m'avait pas touché, avec cette avidité je veux dire, la dernière fois Esther : « Oui, si tu veux, mon chéri », mais de telle façon que j'avais aussitôt regretté, tandis qu'hier soir, puis au milieu de la nuit de nouveau –, je souris, j'ai envie de lui dire que je l'aime, peu importe que je ne sache pas son prénom, que je l'aime dans l'instant, là, puis je songe que son mari va peut-être revenir d'une minute à l'autre et que me trouvant à sa place il pourrait bien me tuer, le jour tarde à se lever, par la fenêtre je devine le pignon d'un hangar et les barreaux métalliques d'une charrette, la chambre doit donner sur la cour, je pourrais m'enfuir par la fenêtre – mais non, sûrement pas, je passais demander un verre d'eau, monsieur, nous n'avions rien prémédité, voyez, ce sont des choses qui arrivent apparemment, ce n'est pas si grave, et maintenant je vais m'en aller sinon je suis capable de m'attacher, à votre femme, oui, bien entendu, à qui voulez-vous que ce soit, ce n'est pas si grave, en tout cas ça ne vaut pas la peine de s'entretuer, voilà, je m'en vais –, et en effet je me lève, mais pas pour m'en aller, juste pour aller considérer de plus près leur photo de mariage, sur la commode – au contraire d'Ada et Emil Nolde, c'est lui qui se tient debout et elle dans le fauteuil, tous les deux fixent gravement l'objectif, c'est un bel homme au regard clair, aux épaules larges, tandis que sa jeune épouse est menue, le front ceint d'une couronne de tresses, un visage adorable de poupée mais le regard étonnamment vide.

— Qu'est-ce que vous regardez ?

— Ah, vous êtes réveillée... Votre photo de mariage.

— Mon Dieu, sept heures dix... Les ouvriers vont arriver, je vais vous raccompagner.

— Non, je préfère rentrer seul.

Dix minutes plus tard, comme je cherche à retrouver le vestibule où doit être suspendue ma parka, elle réapparaît au détour d'un couloir avec un bol de café.

— Tenez, buvez ça. Vous reviendrez à Husum ?

— Sûrement, mais je ne sais pas quand.

— Donnez-moi votre mail.

— Votre prénom, vous ne m'avez pas dit votre prénom...

— Elke. Mon prénom, c'est Elke. Si je vous écris, vous me répondrez ?

Alors qu'ils ne couraient aucun danger

Un immense espoir m'a tenu éveillé une partie de ma dernière nuit à Husum : et si Lenz avait choisi pour son livre de faire habiter le peintre non pas dans le petit fortin que nous avions visité avec Esther, mais dans la maison qu'il occupait auparavant, à Utenwarf, au Danemark ? Le souvenir m'est revenu du bonheur qu'éprouvait Nolde à vivre à Utenwarf avec sa chère Ada, entre 1916 et 1926, et j'ai aussitôt recherché dans mes documents ce qu'il en disait. « Tout comme le jardin a surgi du néant à force de travail et d'amour, s'enflamme-t-il, nous avons aussi transformé la vieille bâtisse en un foyer d'une étonnante beauté. » La « vieille bâtisse » ! Mon Dieu, me suis-je écrié, mais c'est évident, j'y suis, comment mieux nommer la maison aux quatre cents fenêtres si joliment décrite par Siggi Jepsen, le fils du policier de Rugbüll ? La vieille bâtisse est *évidemment* la maison aux quatre cents fenêtres ! À cet instant, j'ai eu la certitude d'avoir enfin trouvé Rugbüll – pour des raisons qui lui appartiennent, me suis-je dit, Siegfried Lenz a souhaité rebaptiser Utenwarf Rugbüll, mais peu m'importe, je vais découvrir là-bas la maison du policier, le chemin de brique, le moulin sans ailes...

En proie à une vive excitation, j'ai déplié mes cartes et me suis mis en quête d'Utenwarf, ma grosse loupe ronde à la main. Cependant, sur aucune d'entre elles je n'ai trouvé mentionné Utenwarf. Comment est-ce possible ? Je suis revenu alors à ce qu'écrivait Nolde. Décrivant la beauté de son jardin où « les roses incandescentes dévalent le versant sud », où « fleurissent les plus belles vivaces », il s'écrie : « L'ensemble fait à présent figure d'attraction. Un petit paradis selon ses visiteurs. » Et un peu plus loin : « Les habitants de Møgeltønder et d'ailleurs viennent en pèlerinage, passant silencieusement sur la digue, face au jardin, et s'arrêtant pour l'admirer. » Par bonheur, Møgeltønder figure sur toutes mes cartes, non loin de la digue symbolisée par un hachurage de couleur verte. En somme, en ai-je conclu, Utenwarf doit se tenir à l'ouest de Møgeltønder et à quelques mètres de la digue puisque de là on pouvait admirer le jardin, et de la pointe de mon stylo j'ai posé à cet endroit une petite croix. Après cela, rasséréné, je suis parvenu à m'endormir.

À présent je roule vers le nord en direction de Møgeltønder. Au volant d'une voiture de location, j'emprunte ces routes étroites à travers les koog gorgés d'eau que j'ai tellement sillonnés à vélo. Puis j'ai soudain envie de revoir Dagebüll où nous avions pris un café Esther et moi, dans l'hôtel-restaurant qui surplombe l'embarcadère, et je fais le détour. Il est peut-être onze heures, la grande salle est vide, ainsi je peux me rasseoir à notre table. La mer du Nord venait s'abattre rageusement sur la jetée tandis qu'aujourd'hui la vase étend sa nappe grise aussi loin que porte le regard, et cependant je vois que le bateau pour les îles de Föhr et d'Amrum s'apprête à appareiller. Mais comment va-t-il s'y prendre ? Je ne vois plus d'eau nulle part... Pourtant, le voilà qui s'ébroue, donne un coup de trompe et se détache lentement du quai. Comment est-ce possible ? J'en demeure paralysé de stupeur. Et voilà qu'il commence à fendre le gisant ! Alors de minuscules vagues s'élèvent de la vase sous sa proue écarlate et je devine ce que mes yeux ne voient pas : un chenal traverse donc cette vaste plaine couleur de plomb, un chenal dont l'eau est exactement du même gris que la vase. Et maintenant il fait route sur Amrum, son château immaculé bien à l'aplomb du ruban rouge de sa coque, glissant majestueusement sur la vase comme ces bateaux fantomatiques qui descendent de Suez et que l'on aperçoit parfois chevauchant silencieusement les dunes du Sinaï.

Comment s'appelle-t-elle déjà ? Ah oui, Elke. « Mon prénom, c'est Elke. Si je vous écris, vous me répondrez ? » Elke descendant la fermeture Éclair de mon pull, Elke déboutonnant ma chemise, extraordinairement concentrée, se retenant visiblement de tout arracher, me défaisant comme un cadeau d'anniversaire, moi qui rêvais à vingt ans de me prostituer, n'est-ce pas, j'avais oublié combien le désir de l'autre – Esther si ennuyée chaque fois –, combien le désir de l'autre nous donne le sentiment d'être précieux, ce pourquoi j'avais rêvé de me prostituer, précieux dans le seul instant, bien entendu, mais c'est tout de même mieux que rien. Et puis à mon tour je m'étais mis à la déshabiller, prenant également tout mon temps...

— Ah bonjour, dit la dame de l'hôtel, m'interrompant au meilleur moment, pardonnez-moi, je ne vous ai pas entendu arriver. Ça fait longtemps que vous attendez ?

Dans la seconde je la reconnais, et je me souviens aussitôt de tout.

— Non, dis-je très vite, je regardais partir le bateau d'Amrum.

Maintenant je voudrais partir moi même, me lever et partir, mais il est trop tard.

— J'étais avec le cuisinier, reprend-elle, on parlait de cet accident à Sankt Peter-Ording, la pauvre femme, je ne sais pas comment...

— Qu'est-il arrivé ? Je ne suis pas au courant.

— Un couple qui se promenait sur la plage, là-bas, et soudain ils se sont crus enfermés par un bras d'eau... l'homme a paniqué, il a voulu traverser à la nage et il est mort... alors qu'il leur aurait suffi de rebrousser chemin, ils n'étaient pas enfermés, la mer descendait, ils ne couraient aucun danger. La pauvre femme, vous imaginez un peu ? Hier dimanche, au milieu de l'après-midi...

— Il y a quelque chose que je ne comprends pas, dis-je.

Mais elle ne m'écoute pas, elle est encore sous le coup de l'émotion.

— Il s'est noyé sous ses yeux, alors qu'ils ne couraient aucun danger, répète-t-elle. Je ne sais pas comment... Mais bon, qu'est-ce que je vous sers ?

— Un café, s'il vous plaît.

Elle s'en va, par bonheur elle ne s'est pas souvenue. J'essaie fébrilement de comprendre comment ma mémoire a pu me tromper – cela s'était donc passé ici, à Dagebüll, tandis que je plaçais l'événement au Danemark, dans un restaurant près de la mer où Esther avait voulu entrer pour se réchauffer.

— Mais attendez, dit-elle au retour, gardant mon café entre ses larges mains, votre visage me dit quelque chose... Vous n'êtes pas le monsieur qui avait fait un malaise, ici même ?

— Si. Vous savez, c'est étrange...

— Ah, je me disais bien aussi... Vous étiez avec votre femme, n'est-ce pas ? Nous vous avions allongé dans la petite pièce, là-bas.

— Oui.

— Ça alors ! Mais tenez, votre café... Et vous n'avez pas eu de suites ?

— Non, vous voyez, je vais très bien.

— Vous nous aviez fait peur ! D'un seul coup... Là, près du buffet... Votre tête avait heurté le coin, du reste. Je me souviens de votre femme, la pauvre...

— Oui, ce n'est jamais très drôle.

— Et vous n'êtes pas revenu avec elle ?

— Non, cette fois-ci je suis seul.

— Eh bien..., fait-elle en s'éloignant.

Mais alors c'est moi qui l'interpelle.

— Dites, dans l'accident de Sankt Peter-Ording, il y a une chose que je ne comprends pas.

— Oui, dit-elle en revenant vers moi tandis que son visage s'assombrit.

— Comment cet homme a-t-il pu tenter de se sauver tout seul, sans entraîner sa femme avec lui ? En l'abandonnant, je veux dire...

— Vous auriez voulu qu'elle se noie avec lui ! s'exclame-t-elle presque joyeusement. C'est une chance, au contraire, qu'il ne l'ait pas entraînée.

— Vous trouvez ?

— Mais voyons, ils seraient morts tous les deux ! C'est une chance, répète-t-elle, la femme au moins a sauvé sa peau.

— Oui, ils seraient morts tous les deux.

Elle sourit, manifestement heureuse que nous soyons parvenus à tomber d'accord.

— Maintenant, conclut-elle, il faut lui souhaiter de retrouver un mari.

Qui sait pourquoi cet homme a sauté à l'eau ?

Vers la fin, c'était devenu si douloureux avec Esther qu'il m'arrivait de faire des malaises. Le médecin m'avait prévenu que mon cœur ne tiendrait pas, et je songeais silencieusement que j'allais mourir d'Esther. Elle avait dû se précipiter – « Oh, mon chéri ! » –, me soulever la tête, ouvrir mon col, me caresser le visage. La dame de l'hôtel avait pu voir combien elle m'aimait. Elles m'avaient porté ensemble dans la petite pièce, et Esther avait dû s'asseoir sur le lit, prenant mon pouls d'une main, me caressant doucement le front de l'autre. Je me rappelle m'être réveillé sur ce lit, son beau visage penché sur le mien, ne comprenant pas ce que je fichais là.

Impossible d'acheter le journal à Dagebüll, mais voilà Niebüll. Niebüll est une véritable petite ville et, passant devant la gare, je m'y arrête. L'accident de Sankt Peter-Ording fait la une du quotidien : « Mort alors qu'il ne courait aucun danger ! »

Je me rappelle cette plage immense de Sankt Peter-Ording, juste au-dessous d'Husum, et l'effroi qui m'avait saisi tandis que marchant face au soleil et levant soudain le nez j'avais eu le sentiment de m'être engagé par mégarde sur un banc de sable et d'être à présent cerné par l'eau. Pendant quelques secondes glaçantes j'avais cherché la solution, aveuglé par les scintillements du soleil. Je ne retrouvais plus la ville elle-même, ni la longue passerelle de bois permettant d'enjamber les marais entre la ville et la plage, ni les quelques maisons sur pilotis qui m'avaient tant intéressé une heure plus tôt, soudain j'étais perdu, et absolument seul tandis qu'une brume grisâtre s'élevait de la mer dans les pâles rayons de décembre. Montait-elle ? Descendait-elle ? Les longues vagues grises semblaient se rapprocher rapidement et le bouillonnement était intense dans le bras d'eau qui m'enfermait, comme si on venait d'ouvrir une écluse. Alors moi aussi j'avais été tenté de le traverser avant qu'il ne soit trop tard, en dépit du froid terrible et du courant, songeant qu'il ne devait pas être bien profond, mais à cet instant j'avais remarqué combien mes semelles à crampons s'étaient incrustées dans le sable et j'avais décidé de suivre plutôt mes propres empreintes à rebours. C'est comme cela que je m'étais sauvé.

L'hôtelière n'avait fait que répéter le titre du journal, finalement, et repensant à notre conversation tandis que je roule vers Møgeltønder, il me vient à l'esprit que si j'avais fini par succomber à l'effroi dans lequel me précipitait

Esther, le journal aurait pu titrer de la même façon : « Mort alors qu'il ne courait aucun danger. » Ça aurait été faux, le danger était bien présent, mais qui aurait pu le savoir à part mon médecin ? Esther elle-même n'avait pas clairement conscience de vouloir ma mort, j'en suis certain, j'éveillais quelque chose de cruel en elle, un désir de castration, de négation, d'effacement, mais je suis sûr que ma disparition l'aurait attristée malgré tout. Quant à tous ceux qui nous avaient connus ensemble et pour lesquels nous étions un couple plutôt enviable, ils se seraient demandé comment un cœur tellement aimé avait pu lâcher aussi soudainement.

Qui sait pourquoi cet homme a sauté à l'eau en abandonnant sa femme ? Mais peut-être ne l'a-t-il pas abandonnée, d'ailleurs, me dis-je subitement, commettant une embardée et frôlant le fossé, peut-être est-ce elle qui a refusé de le suivre.

Qu'ont-ils bien pu se dire dans les dernières minutes ?

Lui : Je ne comprends pas, on ne voit même plus la ville... Tu vois quelque chose, Diana ?

Elle : Cette folie d'aller toujours plus loin aussi... Je t'avais prévenu, cette plage est très dangereuse. Mais naturellement... Oh mon Dieu, j'ai peur, qu'est-ce qu'on va devenir ?

Lui : Calme-toi, s'il te plaît. Essayons plutôt de nous repérer... Le soleil se couche à l'ouest, donc la ville est forcément dans cette direction.

Il avait dû montrer la direction avec son bras.

Lui : C'est dingue, on ne voit plus rien avec cette brume...

Elle : La mer monte, fais quelque chose ! Je ne veux pas mourir noyée.

Lui : Qui te parle de mourir ? Je t'en prie, Diana, calme-toi.

Elle : C'est toi qui nous as conduits dans cette impasse, alors maintenant débrouille-toi pour nous sortir de là.

Lui : J'ai toujours beaucoup apprécié ton sens de la solidarité, ma chérie...

Elle : Oh ça va, hein ! Sors-nous de là au lieu de faire de l'esprit, c'est tout ce que je te demande.

Lui : C'est très simple, si je me fie au soleil la ville est exactement dans cette direction.

Elle : Oui, j'ai compris, tu l'as déjà dit.

Lui : Il nous suffit donc de traverser ce bras d'eau pour nous retrouver les pieds au sec. Allez, viens, suis-moi, assez discutaillé !

Elle n'en avait pas cru ses yeux de le voir s'avancer dans l'eau avec ses chaussures de ville, son pardessus et son chapeau. Elle était en état de panique absolue, incapable de décider quoi que ce soit par elle-même, et aussi bien elle l'aurait suivi si elle ne l'avait pas vu s'enfoncer aussitôt puis disparaître, le chapeau seul dansant ridiculement à la surface du bouillonnement avant d'être emporté par le courant. Alors la brume s'était déchirée comme par miracle et, dans la trouée, elle avait aperçu un de ces chars à voile qu'ils avaient regardés évoluer au début de leur promenade. Elle avait couru dans cette direction pour chercher du secours mais quand les hommes étaient arrivés il ne restait plus aucun indice de son mari, pas même son chapeau.

L'homme serait-il mort si les choses s'étaient passées différemment ? Que serait-il advenu, par exemple, si elle s'était blottie dans ses bras en murmurant : Quoi qu'il arrive, nous sommes ensemble, Caspar. Serre-moi fort. Il l'aurait enlacée, aurait plongé son visage dans ses cheveux, s'abstrayant un moment du péril qui les entourait pour respirer son odeur. Oh oui, aurait-il dit tout bas, quoi qu'il arrive nous sommes ensemble, Diana. Quel bonheur de t'avoir ! Ils auraient éprouvé un instant d'exaltation, d'absolue confiance, dont ils auraient plus tard gardé le souvenir comme un trésor, sachant exactement ce que valait l'autre, et tandis qu'ils ne se hâtaient pas de fuir, chacun écoutant battre le cœur de l'autre, étroitement noués, elle ou lui aurait rouvert les yeux à l'instant où surgissait un char à voile dans une trouée miraculeuse de la brume : Mais regarde, nous n'avons rien à craindre, il y a un passage par là !

Møgeltønder

Cette émotion à l'instant où je me suis garé sur la place de l'église, à Møgeltønder ! Déjà le jour déclinait et la haute église blanche se dressait magistralement sous le ciel bas alourdi de nuit. La place était vide, le vent s'enroulait autour des arbres nus du parvis, on aurait dit que la ville avait été évacuée. Est-ce ce sentiment d'abandon, d'extrême solitude, qui m'a fait songer que quelque chose m'attendait ici ? En tout cas, l'idée que j'étais arrivé m'a traversé l'esprit. Aujourd'hui, je peux bien le dire, j'ai tout de suite été saisi par l'austère et mystérieuse beauté de Møgeltønder – je crois que si on m'avait demandé, enfant, de dessiner le Ciel, l'endroit où j'imaginais alors qu'on habitait après la mort, c'est Møgeltønder que j'aurais dessiné, son église blanche monumentale dressée dans le jour finissant, sous ce ciel d'hiver lourd et menaçant, les maisons basses tout autour, comme écrasées par la maison de Dieu, et l'étrangeté de ce silence comme si le lieu n'était plus habité que par nos âmes. Oui, tout de suite j'ai pressenti qu'il allait se passer ici un événement qui marquerait ma vie – que je retrouve ou non Rugbüll. Quelque chose, en somme, qui ne serait pas en lien avec le livre de Siegfried Lenz grâce auquel j'étais arrivé jusqu'ici.

J'ai regardé autour de moi, je n'ai vu personne. J'ai fait quelques pas sur le parvis, dans le vent qui m'a semblé forcir avec la venue du soir, dans un sens puis dans l'autre, comme un homme qui s'interroge. J'ai frissonné, de peur ou de plaisir, je ne saurais pas dire, puis j'ai cherché l'entrée de l'église et je me rappelle mon soulagement lorsque la porte de bois a cédé, m'ouvrant le passage dans un grincement que l'écho a répercuté dans la nef comme pour annoncer ma venue. Étrangement, l'église était chauffée, faiblement éclairée mais suffisamment pour donner au visiteur le sentiment d'être le bienvenu, et j'en ai éprouvé du réconfort. Je me suis avancé vers le chœur foisonnant d'images pieuses, de bougies et de dorures, puis j'ai voulu m'asseoir et là j'ai constaté que les bancs de bois et leurs prie-Dieu étaient chacun clos d'un portillon de bois peint. J'ai soulevé le loquet de l'un d'entre eux, me suis glissé dans la travée, ai refermé le portillon et, ainsi reclus, me suis assis.

Enfant, avant que les prêtres me donnent de bonnes raisons de les détester, j'aimais passionnément les églises et tout ce qu'on y faisait – les prières, la communion, l'encens, les chants, les processions avec les bougies ou les rameaux, et même la confession. Les églises étaient le lieu de la conversation avec Jésus, la seule qui vaille puisque nous étions sur terre *par* Jésus et *pour* Jésus, pensais-je en ce temps-là. J'escomptais entrer dans les missions, consacrer ma vie à évangéliser les Chinois et devenir un saint dont on publierait plus tard la biographie dans la collection illustrée où j'avais découvert saint Vincent de Paul, saint François-Xavier, saint François d'Assise et beaucoup d'autres. Ma vocation s'est effondrée l'année de mes neuf ans, mais je continue à venir m'asseoir dans les églises, plutôt que dans les cafés, lorsque je suis fatigué de me promener ou que j'ai envie d'écrire un peu dans mon carnet sans être dérangé.

Quand l'homme a surgi par une petite porte, sur la gauche du chœur, et m'a discrètement salué comme s'il savait que j'étais là, j'ai eu l'idée de lui demander conseil – il était la première personne que je rencontrais à Møgeltønder.

— Excusez-moi, ai-je dit en me levant à l'instant où il passait à ma hauteur, je peux vous demander un renseignement ?

— Certainement.

— Je cherche un endroit où loger, connaîtriez-vous quelqu'un... ?

— Sortons, si vous voulez.

Dehors, il s'est présenté comme le prêtre de cette église et s'est enquis de savoir d'où je venais.

— Et combien de temps comptez-vous rester à Møgeltønder ?

— Je ne sais pas, ai-je dit, j'aimerais déjà trouver une chambre pour quelques jours, et puis je verrai.

Il a réfléchi un moment en se frottant le menton. Un grand type mince et voûté, une tête de plus que moi, l'air avenant mais pas commode.

— Comment êtes-vous venu ?

J'ai montré ma voiture.

— Allons à pied, vous reviendrez la chercher plus tard.

Nous avons emprunté une rue pavée sur la droite. Avec le crépuscule, on pouvait voir aux fenêtres illuminées que la plupart des maisons étaient habitées. Nous n'avons pas marché bien longtemps, il m'a fait signe de le suivre sous un porche sombre, dans ce qui m'a paru être une cour de ferme, et il a frappé du poing à une porte, comme s'il était familier de l'endroit.

La femme qui nous a ouvert, la cinquantaine peut-être, les yeux étonnamment clairs, des cheveux blonds vaporeux encadrant un visage étroit aux traits fins, a aussitôt souri en le reconnaissant.

Ils se sont mis à parler en danois et à deux ou trois reprises son regard a croisé le mien. Il n'était pas particulièrement bienveillant, soupçonneux plutôt, l'air de penser que ce n'était pas une heure pour se présenter chez les gens à Møgeltønder.

Après un moment, le prêtre s'est tourné vers moi.

— Elle peut vous louer une chambre, m'a-t-il dit abruptement, en anglais.

— Ah, très bien.

J'ai esquissé un sourire en direction de la femme.

— Voulez-vous la voir ? m'a-t-elle demandé.

J'ai acquiescé et elle s'est effacée pour nous laisser passer. La pièce où nous sommes entrés était une cuisine au plafond bas encombrée d'objets hétéroclites et chauffée par un poêle à bois. Puis nous avons traversé un salon, lui-même excessivement meublé, au fond duquel prenait un escalier. La chambre se logeait sous les combles, au bout d'un couloir. Je l'ai trouvée petite, j'ai tout de suite vu qu'il n'y avait pas de bureau, un deuxième lit sous la fenêtre qui ne me servirait à rien, une armoire monumentale qui ne tarderait pas à m'oppresser, mais je n'ai pas discuté.

— C'est parfait, je la prends, merci beaucoup.

— Je la loue à la semaine, cent euros payables d'avance, a-t-elle rétorqué.

De retour dans la cuisine, elle m'a remis les clés de la maison et de la chambre, m'a montré où je pouvais garer ma voiture dans la cour, et le prêtre m'a raccompagné jusqu'à l'église.

— Vous serez bien chez cette dame, m'a-t-il dit.

Je l'ai remercié et il s'est éclipsé rapidement dans la direction opposée.

J'ai monté ma valise, songé avec dépit que je n'avais aucun endroit pour travailler dans cette chambre, même pas une petite table pour étaler mes documents et mes cartes routières, et à ce moment-là je me suis rappelé nos premières vacances avec Esther, avant que nous puissions acheter la maison du Mont-Pertus. Les enfants étaient petits, nous louions des maisons ici ou là et comme il n'y avait jamais une table décente pour écrire, avec une lampe digne de ce nom, j'en étais venu à transporter sur le toit de notre vieille Peugeot une planche et deux tréteaux en plus des vélos, du berceau, de la poussette et de tous les jouets.

Avant que la mer ne l'engloutisse

Le lendemain, aux premières lueurs du jour, j'ai enfourné mes cartes et mon carnet dans mon sac à dos et je suis parvenu à quitter la maison sans avoir à croiser ma logeuse. Nous n'avions pas parlé des repas mais, quoi qu'il en soit, je n'avais pas envie de prendre mon petit déjeuner en face de cette femme qui ne m'avait pas semblé vraiment aimable.

J'ai roulé vers la mer, dans cette morne clarté des matins d'hiver dans le Schleswig. Mon idée était d'atteindre la petite ville d'Højer, plus au nord, située exactement sous la digue, puis de longer lentement celle-ci vers le sud pour tenter de retrouver Utenwarf et la maison aux quatre cents fenêtres, même si Utenwarf ne figure sur aucune carte.

Parvenu à Højer, et tandis que la pluie se mettait à crépiter sur les pavés disjoints de la rue principale, je me suis engouffré dans un salon de thé pour prendre un petit déjeuner. L'endroit était agréable et bien chauffé, j'ai commandé du café, des toasts, du beurre et de la confiture. Quand tout cela m'a été apporté, j'ai demandé à la serveuse si elle connaissait Utenwarf et, comme elle n'avait pas l'air de me comprendre, j'ai écrit le nom de la localité sur une page de mon carnet que j'ai détachée et lui ai tendue. « Utenwarf », a-t-elle répété. Elle est repartie avec mon papier et quand j'ai vu qu'elle s'entretenait avec la dame de la caisse, je me suis levé pour les rejoindre.

— C'est une famille que vous cherchez ? m'a demandé la dame.

— Non, c'est le nom d'un village.

— Utenwarf... Utenwarf... ça ne me dit rien du tout.

— Emil Nolde a habité cet endroit. Emil Nolde, le peintre...

Quelque chose a semblé s'éveiller dans son esprit.

— Oh, si c'est à propos d'Emil Nolde, je peux vous envoyer à un homme qui l'a connu... Il était d'ici, vous savez ?

— Oui, sa famille était d'ici.

— Si vous descendez en direction de Ved Gaden, sans quitter la digue, juste après l'écluse, vous allez voir une ferme, eh bien demandez à ce monsieur. Jensen, Jürgen Jensen, vous vous souviendrez ?

J'ai déjeuné de bon appétit – je ne tenais pas encore Rugbüll mais je tenais un fil qui m'y conduirait peut-être. Quand je suis ressorti, la pluie s'était interrompue, un pâle soleil jouait sur les pavés mouillés mais de lourds nuages se présentaient de nouveau par l'ouest.

Quel âge pouvait avoir cet homme s'il avait connu Nolde ? Le peintre était mort en 1956, en admettant que ce Jensen l'ait côtoyé au même âge que Siggi dans le livre, douze ans en 1956, cela le faisait naître en 1944, il avait donc soixante-dix ans, c'était envisageable. J'étais en train de me livrer à ces calculs quand l'écluse est apparue, enkystée dans le gazon de la digue.

La mer devait être en train de se retirer car les portes métalliques étaient ouvertes, libérant l'eau qui s'était accumulée dans les terres en un flot noir bouillonnant. À cet endroit, un escalier permet de grimper sur la digue – la mer se retirait, en effet, découvrant l'herbe luisante du watt, mais déjà revenait la pluie, son long rideau couleur de sable, ondoyant et trouble, approchait à toute allure et me fermait l'horizon.

Une maison frisonne se tenait bien deux ou trois kilomètres après l'écluse, son toit de chaume dégoulinant recouvert d'un lichen verdâtre. La pluie martelait la tôle de ma voiture. À travers les essuie-glaces, j'ai vu que la cour était inondée et je suis allé me garer en travers d'un talus. L'homme qui m'a ouvert était plus jeune que ce que j'avais prévu, et cependant, après m'être présenté comme un admirateur de Nolde, je lui ai dit qu'on m'avait raconté à Højer qu'il avait connu le peintre.

— Mon père, m'a-t-il corrigé. Pas moi, mon père.

— Ah, je comprends. Peut-être pouvez-vous m'indiquer malgré tout où se trouve Utenwarf.

— Utenwarf n'existe plus. Que cherchiez-vous à Utenwarf ?

— La maison du peintre.

— Elle n'existe plus non plus.

Comme il se taisait et ne me proposait pas d'entrer, je lui ai demandé s'il accepterait de me montrer où elle se trouvait, escomptant reconnaître la maison du policier, le chemin de brique ou quelque chose.

Il m'a planté là pour reparaître un instant plus tard habillé d'une grosse veste et coiffé d'un chapeau.

Comme il ne m'invitait pas à monter dans sa Mercedes, j'ai deviné que je devais le suivre et nous avons roulé comme cela, l'un derrière l'autre, une bonne dizaine de kilomètres.

— C'était ici, m'a-t-il dit en me désignant un champ.

— Là où paissent les moutons ?

— Et sur la route où nous nous trouvons. Après la catastrophe de 1962 où la mer a tout démoli, il a été décidé d'élargir la digue et de la surélever. Elle a été reconstruite sur l'ancienne propriété du peintre.

— Et les autres maisons ? Est-ce qu'il n'y avait pas un moulin, un phare, un café, des chemins ?

— Qu'est-ce que vous voulez dire ? Je ne comprends pas...

— Je crois savoir qu'il y avait ici un village, tout un village... Je l'ai si bien en tête que je pourrais vous le dessiner.

— Jamais entendu parler, a-t-il dit en allumant une cigarette.

J'ai enjambé les barbelés et entrepris d'arpenter le champ à la recherche d'un indice qui me confirmerait que des maisons se trouvaient bien là. J'avais en tête ce que m'avaient raconté les gens de l'îlot de Nordstrandischmoor. Après le raz-de-marée de 1634 qui avait emporté l'église, ils étaient allés rechercher dans la vase tous les objets précieux, les crucifix, les ostensoirs, les statues, etc. pour les vendre de façon à se procurer l'argent nécessaire à la reconstruction de l'église. Ils l'avaient reconstruite, mais de nouveau la mer l'avait détruite, et de nouveau ils étaient allés fouiller la vase pour récupérer les pierres et la reconstruire. Comme cela à quatre reprises, jusqu'à ce qu'ils renoncent définitivement, ce pourquoi ils n'avaient plus d'église aujourd'hui. Moi aussi je voulais retrouver quelque chose, une brique du chemin, une poignée de porte, un robinet, un bout de rampe d'escalier, un objet qui témoignerait que le policier et le peintre avaient vécu ici, que Rugbüll avait pu se tenir là avant que la mer ne l'engloutisse.

— Bon, m'a crié l'homme, j'ai à faire...

— Puis-je repasser un de ces jours pour bavarder avec vous ?

Il a haussé les épaules, l'air de dire que ça ne regardait que moi, avant de remonter dans sa Mercedes et de faire demi-tour.

Un dîner chez Mme Findorff

— Madame Findorff, dis-je à ma logeuse, j'aurais besoin d'une table et d'une lampe pour travailler. Et d'une chaise également.

— Pour travailler ! Vous n'êtes pas en vacances ?

— Ah non.

— Est-ce que je peux vous demander ce que vous faites ? Si ce n'est pas indiscret...

— J'essaie de retrouver un endroit pour m'y installer. Un endroit que j'ai découvert dans un livre et que je rêve d'habiter. Je le cherche.

— C'est un travail, ça ?

— C'est mon travail en ce moment, oui. Et j'écris sur mes recherches.

— Vous écrivez ! Vous écrivez quoi ?

— Tout ce qui me traverse, tout ce que je rencontre – vous en train de me parler, par exemple, je vais l'écrire.

Elle me dévisage un instant comme si je me moquais, secoue la tête puis s'essuie les mains dans un torchon (je l'ai dérangée tandis qu'elle épluchait des pommes de terre devant l'évier pour le dîner).

— Bon, accompagnez-moi, je vais essayer de vous donner ce que vous voulez.

Je la suis dans la cour, elle me fait entrer dans une aile de la maison qui semble en piteux état, et là je découvre un amoncellement de meubles et d'objets.

— Mais c'est une brocante ici !

— C'est mon métier, me rétorque-t-elle. J'achète et je revends. Regardez si vous trouvez une table qui vous convienne... Les lampes sont là-bas, sur la droite.

Je choisis une table de cuisine, ce sont mes préférées, et un lampadaire années cinquante dont l'allure me plaît. Nous les montons dans ma chambre – Mme Findorff a plus de force que sa silhouette ne le laisse présager. Comme je l'espérais, elle estime qu'avec la table il devient difficile de garder le deuxième lit et nous l'emportons dans une autre pièce. Mais quand je suggère que l'armoire suive le même chemin, elle refuse sèchement.

— Excusez-moi, dis-je, mais je n'aime pas les meubles, ni les objets en général d'ailleurs.

— Moi, si. J'en ai même fait mon métier.

J'aurais dû réfléchir avant de parler, c'est une gaffe idiote, or elle doit penser que je l'ai fait exprès.

Un peu plus tard, elle vient me chercher pour le repas du soir et comme nous nous attablons dans la cuisine, l'un en face de l'autre, elle me fait remarquer que c'est la première fois que nous dînons ensemble depuis trois jours que j'habite chez elle.

— Les repas du soir sont compris dans le prix de la chambre et vous n'êtes jamais là.

— Je ne savais pas.

— Je vous l'ai dit le premier jour. Je pensais que vous me fuyiez...

Elle s'est mise à la brocante après son divorce. Auparavant son mari et elle habitaient Hambourg et ils avaient acheté cette ferme de Møgeltønder pour l'aménager en résidence secondaire – elle est devenue sa seule maison aujourd'hui. L'été elle fait chambres d'hôtes, et la brocante lui rapporte pas mal, l'hiver elle chine avec le camion qui est stationné dans la cour. Elle n'a qu'un enfant, un fils, qui est à présent notaire à Tønder, la grande ville voisine.

— Je suppose que vous n'avez pas d'enfants pour pouvoir vous promener comme ça en pleine année, remarque-t-elle.

— Si, mais ils sont grands, ils n'ont plus tellement besoin de moi.

— Et votre femme ?

— Nous ne vivons plus ensemble.

Je suis tenté de lui parler d'Esther, de la façon dont je me suis mis à trembler à un moment de notre vie, comme si une partie de moi savait tandis que l'autre ne voulait rien entendre, mais je manque de vocabulaire, et puis j'ai peur qu'elle me prenne pour un malade – nous nous connaissons si peu.

— Votre mari..., dis-je, vous pensez encore à lui ?

— Tous les jours.

— C'est lui...

— C'est moi qui ai eu quelqu'un d'autre dans ma vie. Il l'a découvert et il est parti dans l'heure.

— Vous le regrettez ?

Elle me regarde comme si j'étais à la fois indiscret et stupide.

— Je n'aurai pas assez de toutes les années qui me restent à vivre pour le regretter.

— Mais ce quelqu'un d'autre dont vous parliez ?

— Pfuitt... Parfois on se regarde faire une chose et on ne saurait même pas dire pourquoi on la fait.

Elle m'enlève mon assiette, se lève, revient avec un cake.

— Cet endroit que vous cherchez..., commence-t-elle.

— Je n'ai plus beaucoup d'espoir de le trouver.

— Ah... Et qu'allez-vous faire si vous ne le trouvez pas ?

— J'ai aimé être dupe, comme on peut être dupe d'une histoire d'amour, d'une personne, d'un roman, on veut y croire de toutes ses forces, n'est-ce pas, au point de ne même plus s'appartenir parfois. J'ai encore envie d'entretenir ce rêve quelque temps, il m'a conduit jusqu'ici, il continue de me porter, c'est agréable. Après, je ne sais pas... J'écris, je travaille, je me tiens disponible pour ce qui surviendra.

— Mais vous écrivez quoi ?

— Je vous l'ai dit : tout ce qui s'égrène sous mes yeux, j'essaie de tout noter, de tout garder – la pluie, le vent, la digue, les maisons, les gens... Cela paraît insignifiant mais insensiblement les mots construisent un objet, comme les mailles font un tricot, ou les briques une maison, petit à petit la chose prend forme et elle témoignera d'un moment de nos vies, de la mienne en tout cas.

— « Ce qui surviendra... », reprend-elle tout bas, comme pour elle-même. Ici, à Møgeltønder, rien ne survient, vous savez. J'habite cette ville depuis six ans et je peux vous écrire la chronique des événements de Møgeltønder, ça tient sur une seule page – l'office du dimanche, la chorale du mercredi, les deux ventes de charité annuelles pour les pauvres, un enterrement de temps en temps...

— Vous faites partie de la chorale ?

— De la chorale et d'à peu près tout ce qui se fait ici, et j'ai bien peur de vieillir sans qu'il se passe rien de plus...

Fouiller, fureter, rôder...

Cette nuit, j'ai repensé aux gens de Nordstrandischmoor, je les ai vus errant dans la vase à marée basse pour en extraire un ciboire, la petite porte en or du tabernacle, la précieuse statue de Marie portant l'enfant, le Christ... leur entêtement à fouiller la vase de leurs mains nues, n'est-ce pas, tous, les enfants et les vieux compris, puis à reconstruire leur église pierre à pierre, et ce matin je suis retourné dans le champ d'Utenwarf, sur cette terre qui a englouti la maison du peintre et probablement aussi celle du policier, ainsi que le phare et le moulin sans ailes. J'ai songé que tout Rugbüll se trouvait peut-être sous mes pas et, soutenu par la foi des gens de Nordstrandischmoor, je me suis mis à creuser ici et là avec une grosse pelle de cantonnier empruntée à Mme Findorff. La terre était gorgée d'eau, elle était lourde mais n'offrait que peu de résistance. Quand je suis tombé sur une brique, une brique qui portait encore des traces de scellement, l'émotion m'a fait cogner le cœur. J'ai couru jusqu'au fossé pour la plonger dans l'eau et la nettoyer – elle provenait d'une maison, cela ne faisait aucun doute. Alors bien sûr j'ai continué de creuser au même endroit et j'ai encore découvert une de ces grosses ferrures en forme de S qui servaient autrefois à maintenir les murs d'aplomb. Puis plus rien, et ce bien que je me sois enfoncé de près d'un mètre.

En ramassant la brique et la ferrure pour aller les déposer dans ma voiture, une joie intense m'a cependant saisi : pour la première fois, je tenais entre mes mains des indices matériels de l'existence de Rugbüll.

J'avais travaillé trois bonnes heures, j'étais couvert de boue, bien sûr j'aurais aimé trouver plus – des objets plus personnels, un des pinceaux du peintre, le buvard du policier ou une pièce de cette bicyclette avec laquelle il parcourait la digue... –, mais je n'allais pas non plus retourner tout le champ et c'était déjà une chance que personne ne soit venu m'interrompre.

Il était peut-être deux heures de l'après-midi quand je me suis garé dans la cour de Mme Findorff. La place du camion était vide, ma logeuse devait être sur les routes, j'allais pouvoir me décrotter tranquillement sans avoir à expliquer d'où je venais.

Après m'être douché, je suis redescendu me faire un sandwich et un café et j'ai déambulé un moment dans les pièces du bas. Tous ces meubles et ces bibelots, ai-je pensé, ces fauteuils, ces guéridons, ces tapis, ces vases, ces tentures... c'est étouffant, on ne peut pas faire deux pas sans se cogner, et cependant j'ai continué de fureter. Mais qu'est-ce que je cherchais au juste ? Des photos, bien entendu. C'était étonnant ces deux grandes pièces, la cuisine et le salon, sans une seule photo. J'ai fini par ouvrir le secrétaire, puis les petits tiroirs à l'intérieur, et là enfin j'ai découvert quatre tirages noir et blanc. Une jeune femme avec un petit garçon. Au dos quelqu'un avait écrit : « Dora et Klaus, Altona, 1991. » Dora Findorff, dont la grâce attirait immédiatement le regard, et le fils dont elle m'avait parlé. Les trois autres photos représentaient le fils à l'âge adulte – les yeux clairs de la mère, le front haut, les traits fins, mais sur toutes la même expression de frilosité, ou de désenchantement, comment savoir ?

J'ai remis les tirages à leur place, refermé le secrétaire, et suis sorti dans la cour, attiré par la lumière. Le ciel était entièrement dégagé et le soleil d'hiver, au ras du toit, avait commencé à sécher les pavés sous le vieux porche. J'ai sorti une chaise et je me suis assis là, entre la cour et la rue, offrant mon dos aux rayons tièdes. J'ai bien vu que les quelques personnes qui passaient hésitaient à me saluer, se demandant sans doute qui je pouvais être. Une femme qui avait vaguement esquissé un sourire en réponse au mien est soudain revenue sur ses pas pour me parler. J'ai dit que je ne comprenais pas le danois.

— Ah, vous êtes étranger ! Je suis une amie de Dora...

— Moi, un de ses locataires.

— Je m'étonnais parce que d'habitude elle n'a personne en cette saison... J'ai pensé que vous étiez peut-être de la famille, ou un ami.

— Non.

— Elle doit être contente... je sais que toute seule dans cette grande maison...

— Vous la connaissez bien ?

— Je chante avec elle.

— Ah oui, la chorale...

— Bon, eh bien dites-lui que vous m'avez vue... Andrea.

J'allais rentrer, je commençais à frissonner, quand cette fois-ci c'est un homme qui m'a accosté, un colosse aux traits durs et aux sourcils broussailleux sous un chapeau tyrolien trop petit. De nouveau j'ai dû expliquer que je ne comprenais pas le danois.

— Je suis passé il y a cinq minutes en voiture et je vous ai vu assis là. Je peux savoir qui vous êtes ?

— Qui je suis ? J'habite ici, ai-je dit en montrant la maison derrière moi.

— Et depuis quand ?

— Pourquoi me posez-vous ces questions ? Vous êtes le gardien ?

Il est devenu très rouge, j'ai pensé qu'il allait s'étouffer.

— Je suis le directeur de l'entreprise Senjor.

— Excusez-moi, je ne connais pas.

— Les meubles Senjor, tout le monde connaît par ici.

— Je ne suis pas de Møgeltønder.

— Et je ne pense pas que vous soyez non plus un locataire car Mme Findorff ne prend personne en hiver.

— Qu'est-ce que je pourrais bien être d'autre ?

— C'est ce que je vous demande parce que je crois que vous n'avez rien à faire dans cette maison.

Nous nous sommes dévisagés un moment, j'étais abasourdi, l'homme était manifestement très en colère et son regard m'a rappelé celui de mon ami Thomas la nuit où je l'avais vu partir avec une hache pour récupérer sa femme dont il venait d'apprendre qu'elle était chez son amant.

J'ai tourné les talons pour regagner la maison. Je me suis demandé s'il allait me suivre – en ce cas, l'affaire risquait de mal finir.

— Vous n'allez pas rester longtemps ici, c'est moi qui vous le dis ! s'est-il contenté de me lancer à travers la cour.

Mme Findorff a blêmi quand je lui ai rapporté la scène.

— Cet homme, c'est devenu un cauchemar ! Il me surveille sans arrêt, parfois la nuit je l'entends rôder dans la cour... Il sait que tout est fini mais il ne se résout pas à me laisser vivre.

— C'est l'amant dont vous disiez « pfuitt » ?

— Ah non, non... Kurt n'est pas inconsistant. Il est maladivement jaloux, mais c'est un homme brillant et généreux. J'ai pensé que j'allais peut-être tomber amoureuse au début, seulement il ne m'en a pas laissé le temps... tout de suite il s'est mis à me surveiller, c'est épouvantable.

— Vous disiez qu'il ne survenait jamais rien à Møgeltønder... Je le trouve assez effrayant, votre Kurt.

Et comme j'éclatais de rire, Dora Findorff, qui se tenait adossée au plan de travail de la cuisine, les bras croisés, a semblé vouloir me gifler.

— En tout cas, ai-je ajouté, je n'aimerais pas être à la place de votre prochain soupirant.

— Ne vous faites pas de souci, il n'y a aucun risque, a-t-elle rétorqué en me tournant le dos.

Plus tard, au moment de se dire bonsoir, je lui ai présenté mes excuses en l'assurant que je la défendrais si Kurt Senjor tentait de l'enlever, et cette fois-ci elle a bien voulu sourire.

La crucifixion d'Emil Nolde

Jamais je n'habiterai Rugbüll puisque le village de Rugbüll, s'il a bien existé, repose là-bas, dans le champ, sous la terre grasse et lourde d'Utenwarf. J'ai songé à cela une partie de la nuit, me remémorant combien ce rêve m'avait porté tandis que j'errais la nuit dans les rues de Paris : j'entrais dans le village, je retrouvais tout exactement à sa place et je parvenais à louer dans la journée une maison, celle du policier aussi bien, et ainsi, héros de la vingt-cinquième heure du livre de Lenz, j'entreprenais d'en écrire la suite, m'installant dans le bureau qu'avait occupé le policier. J'écrivais tous les matins dans cette bonne odeur de soupe au chou qui n'avait pas quitté la maison, apercevant la digue et le phare depuis ma fenêtre, et l'après-midi j'allais m'entretenir à l'auberge du Point de vue avec ceux qui avaient connu le peintre, ceux qui se souvenaient du petit Siggi et de sa sœur... Renoncer était un déchirement, et tandis que je cherchais le sommeil, j'avais été tenté de retourner dans le champ avec ma pelle pour en exhumer encore d'autres vestiges – quelle surprise si d'aventure j'étais tombé sur la flasque du peintre, celle qu'il sortait de sa poche pour se ragaillardir de temps en temps d'une gorgée de schnaps. Ou sur sa pipe.

Et ce matin je roule vers Seebüll. Renoncer, renoncer... qui parle de renoncer ? Je souris en songeant que je ne suis pas différent du terrifiant Kurt finalement, tant qu'il y a un endroit où espérer, où rôder, je continue de rôder. Seebüll est le lieu de la dernière maison du peintre – ce petit fortin cubique bâti sur une éminence et dans lequel nous avions passé des heures avec Esther. S'il demeure un endroit où respirer encore le parfum du livre de Lenz, c'est bien cette maison.

À peine entré, j'en ressens le bienfait. Il est vrai que se mêle à la présence du peintre le souvenir d'Esther dont je revois aussitôt la silhouette passant d'une pièce à l'autre, se figeant devant une toile ou se penchant sur une vitrine pour déchiffrer une lettre manuscrite d'Emil Nolde. Je cherche où m'asseoir, j'ai besoin de reprendre mon souffle, eh bien tiens, là, devant *Le Moulin*, justement, *Mühle, 1924, huile sur toile*. Il a encore ses ailes, mais c'est normal, nous ne sommes qu'en 1924, elles ne tomberont que bien plus tard, pendant la guerre, quand Siggi viendra cacher dans ce même moulin les aquarelles clandestines du peintre. Sur la droite de la toile, on distingue clairement le chemin de brique, je suis donc bien à Rugbüll, je ne bouge plus, j'entre dans la toile, je me laisse guider par l'émotion.

La maison-atelier, transformée en musée, n'est pas fréquentée en cette saison, je peux bien rester assis sur ce banc à rêver, ou flâner de salle en salle autant que je le souhaite tout en écrivant dans mon carnet, ça ne dérange personne et personne ne me dérange.

Avant que Berlin ne lui intime l'ordre de cesser de peindre, le 23 août 1941, Emil Nolde fut traîné dans la boue par les nazis. Tous les éléments de son calvaire sont disposés là, sous une vitrine – coupures de journaux, photos, lettres. Lorsque s'ouvre l'exposition « Art dégénéré », le 19 juillet 1937 à Munich, il est l'artiste le mieux représenté avec quarante-huit toiles sélectionnées. Une photo montre Joseph Goebbels inaugurant l'exposition, et sur ce seul tirage figurent, à la droite du ministre de la Propagande, deux des œuvres les plus connues du peintre : *Le Christ et la pécheresse* et *Les Vierges sages et les Vierges folles*. Hitler avait exigé que l'art soit désormais l'« annonciateur du noble et du beau » et qu'il soit mis fin à la « dépravation corrompue et morbide qui met à mort l'âme d'un peuple ». L'œuvre de Nolde incarne cette « dépravation », cette « horreur » et cette « honte » aux yeux des nouveaux censeurs de la culture allemande. Ses toiles ont donc été retirées des musées nationaux pour être brandies devant le peuple qui devra en rire et partager le dégoût de ses dirigeants. « Des trains entiers n'auraient pas suffi à transporter ces ordures », s'exclame le peintre nazi Adolf Ziegler, président de la nouvelle chambre des

Beaux-Arts, dans son discours d'ouverture de l'exposition « Art dégénéré ». « Ces ordures », dit-il, désignant les toiles d'Emil Nolde.

Cet été 1937, tandis qu'on l'assassine dans son propre pays, le peintre s'apprête à célébrer son soixante-dixième anniversaire – le 7 août. Il est si profondément blessé qu'il annule la grande fête qu'Ada et lui avaient envisagée à Seebüll, Ada craignant de surcroît que la moindre manifestation de sa part ne soit interprétée à Berlin comme une provocation et lui vaille de nouveaux ennuis.

Siegfried Lenz ne nous dit rien du chagrin du peintre durant cet été 1937 car il ouvre son livre sur l'interdiction de peindre qui tombera plus tard. Alors je pense intensément au personnage qu'il met en scène, ce Max Ludwig Nansen, pudique et silencieux, incarnation de Nolde, dont la grandeur d'âme élève tout le village, et j'essaie de me figurer ce que cet homme a pu ressentir en apprenant que l'on décrochait ses toiles des musées nationaux pour les suspendre dans cette foire du grotesque et de la dérision que doit être la grande exposition de Munich. Et c'est évidemment *La Crucifixion* qui me vient immédiatement à l'esprit, d'autant plus que la toile est là, sous mes yeux, immense et déchirante : *Kreuzigung, 1912, huile sur toile*. Sous le corps martyrisé du Christ, quatre soudards rigolards, casqués et joufflus, jouent aux dés, ne prêtant aucune attention au supplicié, tandis que sur la gauche se tiennent les femmes dans une attitude d'abominable souffrance – Marie-Madeleine, les doigts entremêlés et tordus, détournant le regard, n'ayant plus la force de contempler le Christ, et Marie, la mère, le visage exsangue, les genoux fléchis, terrassée par la douleur. Les soldats rient et s'amusent pendant que Jésus agonise et que le cœur des femmes saigne – n'est-ce pas précisément ce qu'organisent les nazis : la mise à mort d'un homme, de l'œuvre de toute sa vie, dans le ricanement collectif ?

Oui, j'imagine que Max Ludwig Nansen se souviendrait de *La Crucifixion*, puis de *La Dérision du Christ* (*Verspottung, huile sur toile*), cette toile peinte trois années plus tôt, en 1909, et qu'il soufflerait à sa femme :

— Ils sont en train de me tuer, Ditte.

Et elle, dissimulant son effroi :

— Ce sont des malheureux, Max, ils ne savent pas ce qu'ils font.

J'imagine que cette seule phrase de réconfort lui suffirait, qu'après un moment d'épouvante et de doute il acquerrait la certitude de l'emporter sur les ricaneurs, comme le Christ l'a emporté, puisque dans la réalité il se remet bientôt à peindre ces aquarelles flamboyantes, toutes datées par le musée 1938-1941 (sans plus de précision car le peintre, lui, ne date plus rien, comme s'il travaillait hors de ces temps maudits). Où trouverait-il la force de peindre s'il n'était pas certain que son œuvre survivrait à ses bourreaux ?

Je suis retranché dans un coin d'une salle en train d'écrire, debout, utilisant une vitrine comme sous-main, quand une jeune femme que je n'avais pas remarquée vient doucement me glisser un mot.

— Pardon ? dis-je. Je n'ai pas compris.

Alors elle reprend en anglais :

— Le musée va fermer, il faut partir.

Elle est elle-même prête à sortir, son manteau boutonné, un tas de papiers sous le bras.

— Je suis désolée, ajoute-t-elle, vous étiez en plein travail... Mais vous pouvez revenir demain, vous savez, ça ouvre à dix heures.

— Non, c'est moi qui m'excuse, je vous retarde... Très bien, à demain alors.

Je vois de l'étonnement sur son visage, elle sourit, semble sur le point d'ajouter encore quelque chose, puis finalement secoue la tête et s'en va.

Dora, Klaus, Conrad...

Dora Findorff ne connaît pas le livre de Siegfried Lenz, je dois le lui raconter, lui dessiner le village de Rugbüll avec les maisons du peintre et du policier, la digue, les fossés, le phare, le chemin, le moulin, mais quand elle comprend que le personnage du peintre est inspiré d'Emil Nolde, elle m'interrompt plutôt sèchement :

— Ah... Je n'aime pas cet homme.

— Mais vous ne l'avez pas connu !

— Bien sûr que non, mais mon ex-mari est juif et il m'a toujours dit que Nolde était proche des nazis.

— Ça, je ne crois pas, non... Les nazis l'avaient placé en tête des peintres dégénérés. Vous n'êtes jamais allée à Seebüll ?

— Non, de toute façon sa peinture ne me touche pas.

— Moi si, beaucoup... et l'homme aussi me touche. Tout ce chemin qu'il a dû parcourir, venant d'une famille de paysans, pour oser exprimer ses émotions, son regard sur la vie... Vus par lui, nous sommes assez effrayants, assez misérables, ce n'est pas un hasard si les nazis ont choisi de tourner en dérision toute sa période berlinoise, celle où il peint des couples de fêtards dans les cabarets. J'aime aussi qu'il ait gardé la rudesse du paysan dans sa façon de travailler, à gros traits...

— Ce village, c'est celui que vous cherchiez ?

— Oui, voilà. Et finalement je passe mes journées dans la maison du peintre... je n'ai pas retrouvé le reste.

— Si je n'étais pas allée vérifier sur Internet que vous êtes vraiment écrivain, je vous prendrais pour un type un peu dérangé, ou pour un escroc peut-être.

Elle sourit, satisfaite de son petit effet.

— Et si j'étais un escroc ?

— Je vous regretterais, mais je vous mettrais dehors quand même, dit-elle en minaudant.

Il serait exagéré de prétendre que nous sommes devenus amis en une quinzaine de jours sous le même toit, mais maintenant nous en savons suffisamment l'un sur l'autre pour nous adonner au petit jeu de la séduction. J'ai parfois le sentiment que Dora Findorff ne serait pas mécontente qu'il se passe quelque chose de plus, elle qui craint tellement de vieillir sans que rien advienne. Et moi, qu'est-ce que je pense au fond ? Je prends plaisir à ces soirées, mais Mme Findorff me laisse curieusement insensible. Il m'arrive d'être agréablement surpris par la lumière de son visage, par la grâce d'un de ses mouvements, mais je n'éprouve jamais aucune émotion, aucune attirance. Je le regrette secrètement, songeant combien ça pourrait être réconfortant de dormir de temps en temps ensemble puisque après tout rien ne s'y oppose, et me remémorant alors à quelle allure Elke était parvenue à m'entraîner dans sa chambre, je cherche ce qui peut bien me tenir à distance de Dora. Elle éteint le désir, me dis-je, enfin le mien, car je vois combien les quelques hommes qui passent, sans parler de Kurt, bien entendu, sont sensibles à sa beauté – l'abbé compris, qui s'invite volontiers à dîner. J'ai l'intuition que sa maison n'est pas étrangère à ma réserve, je veux dire cette façon qu'elle a de meubler à outrance, d'occuper tout l'espace, y compris les murs. Sa maison m'étouffe, et à trois ou quatre reprises déjà je me suis surpris à la trouver elle-même étouffante dans son souci de me servir à table sans que je lui demande rien, dans son souci que tout soit parfaitement disposé, que nous ne manquions de rien une fois installés.

D'ailleurs, un soir, je n'ai pas pu me retenir de le lui dire.

— Elle est jolie votre maison, Dora, ai-je convenu, mais elle serait tellement plus belle si on la débarrassait de tout ce fatras.

— De quel « fatras » voulez-vous parler ?

— Tous ces bibelots, ces meubles, ces tissus... Si j'habitais ici je laisserais la pièce vide, deux fauteuils et une table de bistrot dans un coin, un banc là-bas, peut-être, et c'est tout. Les murs vides, le sol bien dégagé, qu'on ait la perception du volume.

— Mais d'où sortez-vous ? s'est-elle exclamée, feignant de me prendre de haut. Une maison, c'est tout le contraire de ce que vous décrivez.

J'ai senti qu'elle allait me parler d'elle, me dire que sa maison était à son image, n'est-ce pas, accueillante et enveloppante, et à l'agacement qui m'a aussitôt saisi j'ai commencé à repérer ce qui me heurte en Dora : son désir de nous envelopper, précisément, de nous prendre dans sa toile, de nous capturer, que nous ne retrouvions plus la sortie et que sais-je encore. Aussi ai-je aussitôt changé de sujet.

— À propos de maison, Dora, j'aimerais bien en louer une pour quelque temps.

— Vous voulez me quitter ?

— Exactement !... Non, je suis très bien chez vous, mais je voudrais passer quelques mois à travailler dans le silence d'une maison que je puisse arpenter tranquillement. J'aimerais qu'elle soit ici, à Møgeltønder. Est-ce qu'on trouve des choses à louer dans votre ville ?

— Je n'en ai aucune idée.

— Bon, demain j'irai me renseigner.

Le lendemain matin, Dora m'a parlé de son fils. Elle avait réfléchi pendant la nuit à mon désir de louer une maison et pensé que peut-être Klaus pourrait m'aider – « Les notaires savent à peu près tout du marché de l'immobilier », m'a-t-elle dit.

J'ai accueilli son idée avec enthousiasme et Klaus a promis de passer le soir même.

C'est un grand jeune homme blond au visage lisse qui vous regarde intensément tandis que vous lui parlez, qui ne sourit pas facilement et semble par moments traversé d'une sourde appréhension. Il a étudié le droit à Lübeck et il est en train de reprendre l'étude notariale d'un ami de son père.

Il écoute ce que lui dit sa mère à propos de cette maison que j'envisage de louer, l'air soucieux, comme si c'était au-dessus de ses compétences, puis quand elle a fini il me fait tout répéter, en prenant des notes cette fois-ci.

— Bien, dit-il simplement, je vais me renseigner pour vous.

Puis il veut savoir ce que j'écris, et pourquoi je suis ici, et pourquoi je suis devenu écrivain, acquiesçant imperceptiblement à ce que je lui dis et ne me lâchant pas des yeux.

— Et quels sont les écrivains qui comptent pour vous ? me demande-t-il abruptement.

Le nom de Knut Hamsun me vient immédiatement à l'esprit car si je n'avais pas découvert *La Faim* à dix-neuf ans, je n'aurais sans doute jamais osé me mettre à écrire, et je devine qu'il aime aussi le grand Norvégien à une lueur de satisfaction dans son regard, puis je cite Blaise Cendrars, Thomas Bernhard, Rilke, Duras, Bellow, Malaparte, et à peine ai-je prononcé le nom de Conrad qu'il m'interrompt :

— Ah, vous aimez aussi Conrad !

La nouvelle l'illumine.

— Et quel livre de Conrad préférez-vous ?

— *Une victoire*, dis-je, il est moins connu que *Fortune* ou *Lord Jim* mais...

— *Une victoire* ! me coupe-t-il. Moi aussi, c'est mon préféré.

Il ne cache pas l'émotion que cette découverte lui procure.

— Ça alors, dit-il, c'est la première fois que je trouve quelqu'un qui l'ait lu.

— Axel Heyst sauvant Lena des mains des trafiquants, puis leur histoire d'amour sur cette île, près de Java...

— Oui, c'est magnifique !

— Et la place qu'occupe la maison dans le livre, avec la chambre vers laquelle il entraîne Lena la première fois...

— Oui, oui..., acquiesce-t-il, j'aime passionnément ce livre. Ils vivent cet amour dans la peur du retour des brigands et cela donne une intensité dramatique à chaque minute.

— Le personnage de Heyst...

Et alors même que je commence ma phrase, l'intuition me frappe que si Klaus a tellement aimé cette histoire c'est évidemment qu'il s'est retrouvé en Axel Heyst que j'imagine soudain sous ses traits, romantique et désenchanté, de cette même beauté lumineuse et fragile, peinant comme lui à trouver sa place dans ce que lui offre le monde.

— Le personnage de Heyst est si attachant, reprend-il en écho. J'aurais aimé vivre à cette époque, la vie avait sans doute moins de prix qu'aujourd'hui mais tant de choses étaient encore possibles.

« Quelle bande d'idiots ! »

Il est un peu plus de dix heures quand j'arrive ce matin-là à Seebüll – la jeune femme de l'autre fois m'a devancé de quelques secondes seulement. Je la vois sortir de sa voiture, puis ouvrir la porte arrière pour prendre son sac et ses papiers sur la banquette. À mon tour je me gare, il n'y a que trois ou quatre voitures sur le parking. Elle va s'engager sur le chemin vers la maison du peintre quand elle me reconnaît.

— Je vous aperçois tous les jours depuis la pièce où je travaille, là-haut...

Elle me désigne une des fenêtres au dernier étage.

— Ah oui, dis-je.

— Est-ce que je peux vous demander ce que vous faites ? Vous n'êtes pas forcé de me répondre, hein, c'est juste comme ça, par curiosité.

— Je prends des notes sur Nolde, pour un livre.

— Vous êtes historien ?

— Oh non, non... pour un roman. Et vous, alors, vous travaillez pour le musée, n'est-ce pas ?

— Pas du tout. J'ai vu que vous l'aviez pensé l'autre soir... Je prépare une étude sur Nolde pour l'académie des Beaux-Arts, et sinon je peins.

— Vous peignez ? J'aimerais bien voir ce que vous faites.

— Oh... Vous me montreriez ce que vous écrivez ?

— J'écris en français, je n'ai qu'un roman traduit en allemand.

— L'allemand est ma langue maternelle.

— Alors je peux essayer de vous le trouver.

Les dames de l'accueil l'accaparent et je la laisse pour rejoindre une salle consacrée à la guerre.

Au début de l'année 1941, la chambre des Beaux-Arts, qui a déjà confisqué plus d'un millier de ses toiles, s'inquiète de savoir ce que peint Nolde depuis l'exposition « Art dégénéré », trois ans plus tôt. Le « comité d'évaluation des produits artistiques de valeur inférieure » lui demande donc de présenter plusieurs de ses dernières œuvres. Nolde expédie à Berlin sept toiles et trente-six aquarelles. Le 23 août 1941, en réponse à cet envoi, il reçoit la lettre désormais célèbre lui interdisant de peindre. Elle est signée de la main d'Adolf Ziegler, le président de la chambre des Beaux-Arts, peintre préféré d'Hitler dont il a réalisé plusieurs portraits. Ziegler estime que le travail de Nolde ne répond toujours pas à la « conception nationale-socialiste du monde », en dépit des avertissements qui lui ont été donnés, qu'il est « encore très loin de cette famille culturelle de pensée ». En conséquence, lui annonce-t-il, il est exclu de la chambre des Beaux-Arts du Reich. Une telle exclusion signifie que toute activité dans le domaine artistique lui est désormais défendue. Pour ultime sanction de son « manque de fiabilité », les œuvres envoyées sont également saisies – « sécurisées », selon la sémantique de l'administration nazie.

Voilà donc la fameuse lettre que le policier de Rugbüll remet au peintre en ouverture du roman de Lenz. Je l'ai là sous les yeux, dans sa version originale, puis traduite en anglais. Pendant un moment, je revois clairement Max Ludwig Nansen s'en emparant et la glissant dans la poche de son manteau sans l'ouvrir. Songer que le peintre l'a touchée de ses mains me bouleverse, et je dois me raisonner pour admettre que je n'habite pas le roman, là, tout de suite, que Max Ludwig Nansen est un personnage de fiction, que la scène telle que je la revois n'a jamais existé que dans l'esprit de Siegfried Lenz.

« La lettre, là, tu dois la lire immédiatement, Max, insista le policier, ça vient de Berlin. Et comme cette recommandation orale ne semblait pas suffire, il fit un pas vers le peintre, le bloquant ainsi sur le pont, lui barrant le chemin de la maison. Le peintre tira la lettre de sa poche en haussant les épaules, déchiffra le cachet de l'expéditeur – attentivement, comme pour faire plaisir à l'agent de police –, hocha la tête d'un air serein et méprisant et dit : Quelle bande d'idiots [...]. Il retira alors la lettre de l'enveloppe. Il la lut, debout sur le pont et, après avoir passé un long moment à la lire – je veux dire après l'avoir lue lentement, de plus en plus lentement –, il la fourra pour la deuxième fois dans sa poche, serra les poings, détourna ses yeux, promena son regard sur la rase campagne couchée sous le vent, s'arrêta au moulin ; il semblait demander conseil du regard : au labyrinthe des fossés et des canaux, aux buissons échevelés, à la digue, aux altières propriétés – et puis quoi, il détourna les yeux pour ne pas rencontrer le regard de mon père. »

C'est Siggi qui raconte, témoin de la scène.

« Quelle bande d'idiots » – tout le personnage de Max Ludwig Nansen est résumé dans cette exclamation à la fois consternée et méprisante. Et bien sûr le peintre ne va pas céder, il va continuer de peindre clandestinement ces images non peintes, aquarelles de petit format aisément dissimulables – comme Emil Nolde l'a fait dans la vraie vie. « Ces fous-là, fait dire Lenz à son héros, comme s'ils ne savaient que c'est impossible : interdiction de peindre [...]. D'autres ont essayé avant eux. Ils devraient relire leurs livres d'histoire. Il est impossible de se préserver des tableaux indésirables. On a beau bannir les peintres, les frapper de cécité, rien n'y fait. Et quand on leur coupe les mains, ils peignent avec la bouche. »

Rien n'est dit de plus ici, dans le musée, sur la façon dont Nolde traverse ces années de clandestinité et c'est ce qui me pousse à interroger Dora Findorff.

— Vous disiez l'autre soir que Nolde était proche des nazis, mais je n'ai rien trouvé là-bas, à Seebüll, qui aille dans ce sens.

— C'est mon ex-mari qui le dit. Si vous voulez, je peux vous envoyer auprès d'un de ses amis qui habite Flensbourg, lui a beaucoup travaillé sur Nolde et nous sommes restés assez proches.

« Toute ma vie a été consacrée aux idéaux nazis »

L'homme qui me reçoit habite sur une colline au-dessus de Flensbourg d'où l'on jouit d'une vue magnifique sur la mer Baltique, étale et grise cet après-midi-là. Médecin, fils de médecin, Martin Wiesmann a hérité de son père une documentation phénoménale sur la vie des Juifs au Danemark sous l'Occupation.

— Que voulez-vous que je fasse de tout ça, fait-il en me désignant des boîtes en carton sur l'étagère la plus haute de sa bibliothèque, tout a été dit sur le sujet.

C'est un personnage rond, débonnaire et souriant, fumeur de pipe, tout l'inverse de ce que je m'attendais à trouver après avoir écouté Dora Findorff.

— Oui, au contraire de l'État français, le Danemark, lui, a sauvé ses Juifs, dis-je.

— Voilà, sinon vous n'auriez pas le plaisir de me rencontrer !

Cela le fait carrément rire.

— Qu'est-ce que je vous sers ? J'ai un alcool de prune...

Nous buvons son alcool de prune dans la pièce en rotonde qui domine le fjord de Flensbourg.

— En fait, je n'ai pas bien compris ce qui vous amène, reprend-il après avoir rallumé sa pipe.

— Mme Findorff m'a dit que vous possédiez des documents montrant qu'Emil Nolde aurait été plus proche des nazis que ce que l'on a pu croire – je veux dire du fait que les nazis l'ont véritablement mal traité.

— Ah oui, oui... Mon père était assez remonté contre Nolde. Mais pourquoi vous intéressez-vous à lui ?

— Il a inspiré un personnage de roman que j'ai beaucoup aimé, tout en sachant qu'aucun homme ne présente une telle grandeur d'âme dans la vraie vie. J'ai rêvé d'écrire la suite de ce roman, c'est comme cela que j'en suis venu à m'intéresser à la biographie de Nolde.

— Pour faire tomber de son piédestal le grand personnage ? Et à quoi cela va-t-il vous avancer ?

— Oh, je suis obsédé par cette idée que si nous nous réfugions dans les livres avec tant de hâte et de soulagement, c'est que la vie y est épurée de tout ce qui fait de nous des êtres plutôt pitoyables, intéressés et calculateurs, profondément égoïstes, très rarement courageux, globalement dénués de grandeur et la plupart du temps avançant à tâtons comme des chiens perdus.

— Nous ne sommes pas des héros, c'est certain.

— Et en même temps, j'aime que nous ne le soyons pas. Nos faiblesses et nos hontes secrètes m'intéressent, peut-être même me rassurent-elles sur moi-même...

Martin Wiesmann éclate de rire.

Plus tard, nous retournons dans la bibliothèque et de l'une des boîtes il sort une fine chemise marron « Emil Nolde ».

— L'écriture de mon père, dit-il.

Quelques coupures de journaux en danois, en allemand, si vieilles et jaunies qu'elles sont à peine lisibles et se déchirent au moindre geste maladroit, des lettres manuscrites, des photocopies de pages de livres et une photo de Nolde datant de 1952 sur laquelle il apparaît extrêmement amaigri, fronçant les sourcils, son beau regard gris plein de courroux. Contre qui est-il en colère ? À mon avis contre le sort qui l'empêche de travailler depuis plusieurs mois – il s'est cassé un bras en 1951 et ne touchera plus un pinceau jusqu'à sa mort, en 1956.

— Une lettre d'Adolf Ziegler, remarque Martin Wiesmann, ça vous intéresse ?

— *La* lettre, vous voulez dire. Oh, bien sûr !

Il s'agit d'un extrait publié dans le *Völkischer Beobachter*, l'organe de presse officiel du parti nazi. Martin Wiesmann entreprend de me le traduire, et bien que je connaisse la lettre je le laisse faire. Accroché derrière par une agrafe rouillée se trouve un texte dactylographié titré : « Vienne – Rencontre avec Baldur von Schirach. » Le texte est annoté en marge et parfois raturé.

— L'écriture de mon père, dit de nouveau Wiesmann en me mettant un des feuillets sous les yeux. Je vous traduis ?

— Si vous le voulez bien.

Au printemps 1942, neuf mois après que l'interdiction de peindre lui a été signifiée, Emil Nolde se rend avec Ada en Autriche pour y rencontrer Schirach. L'ex-dirigeant des Jeunesses hitlériennes, devenu gouverneur de la place de Vienne, apprécie la peinture de Nolde depuis longtemps et le reçoit comme un hôte de marque. On ne sait pas ce qui pousse le peintre à entreprendre ce long voyage à travers l'Europe en pleine guerre, rien n'est dit à cet égard, mais on se doute qu'il a reçu certaines assurances lui permettant de penser que Baldur von Schirach, personnalité importante du Reich, pourrait intervenir en sa faveur. Curieusement, celui-ci semble tout ignorer de l'ostracisme qui frappe le peintre depuis l'exposition « Art dégénéré », et il s'engage à l'exposer à Vienne, ainsi semble-t-il qu'à lui procurer un atelier dans cette ville où il pourrait de nouveau travailler en toute sécurité. C'est ce que rapporte M. Wiesmann père. Nolde et sa chère Ada reviennent donc rassérénés de ce long périple, mais Schirach ne tiendra aucun de ses engagements car Hitler, apprenant la chose, le convoquera et menacera de le destituer s'il ne renonce pas immédiatement à ses projets.

À la fin de son rapport, M. Wiesmann père donne un extrait d'un courrier hallucinant d'Emil Nolde à Walter Thomas, collaborateur de Schirach, dans lequel le peintre s'enorgueillit d'avoir toujours soutenu l'idéologie nazie. « Toute ma vie, écrit-il dans cette lettre datée du 12 juin 1942, a été consacrée aux idéaux gravés dans le national-socialisme, de l'origine à aujourd'hui, et dès 1895 j'ai couché des idées sur le papier qui sont encore de nos jours tout aussi vraies et judicieuses qu'elles l'étaient à l'époque. »

Qui reconnaîtrait en cet homme le héros magnifique de Lenz, ce Max Ludwig Nansen dans son manteau rapiécé capable de s'écrier à la réception de la lettre de Berlin : « Quelle bande d'idiots ! » ?

Remontant le temps, M. Wiesmann père revient sur la confiscation des toiles de Nolde qui a précédé l'exposition « Art dégénéré ». Or déjà, à l'inverse de Max Ludwig Nansen qui traite les nazis avec le plus grand mépris, Emil Nolde tente de les fléchir. Il écrit à Goebbels le 2 juillet 1938 pour le supplier de lui rendre les œuvres saisies parmi lesquelles figurent les neuf toiles de *La Vie du Christ* qui lui sont si chères, et il fait valoir son appartenance au parti nazi : « Après le rattachement du Nord-Schleswig au Danemark en 1920, écrit-il, je suis devenu citoyen danois, puis en tant que membre de la minorité allemande, adhérent au NSDAPN (le parti nazi du Nord-Schleswig). »

Sa demande sera partiellement couronnée de succès puisque certaines toiles lui seront restituées, sur instruction de Goebbels, dont le polyptyque composant *La Vie du Christ*.

Mendiant

En sortant de chez Martin Wiesmann, je n'ai pas eu envie de regagner Møgeltønder, retrouver Dora Findorff et son oppressante sollicitude – elle allait me poser cent questions auxquelles je n'aurais aucun désir de répondre, remplir mon assiette, me prendre le poignet aussi bien – l'air de rien, comme si j'étais déjà un peu sa chose, et j'ai cherché une chambre d'hôtel. Le soir tombait, il bruinait sur Flensbourg, je me suis perdu et finalement j'ai aperçu l'enseigne d'un hôtel en bordure de ce qui m'a semblé être un monumental chantier naval. L'hôtel était simple mais accueillant, l'homme m'a expliqué que ce que j'avais pris pour un chantier était en réalité le port des cargos avec ses grues de chargement, et que sa clientèle était essentiellement composée de marins qui venaient ici avec leurs *girls* car ils n'avaient pas la permission de les emmener à bord. Il n'y avait aucune grivoiserie dans la façon dont il m'a expliqué la chose de sorte que son hôtel, que j'aurais pu raisonnablement considérer comme un bordel, m'a immédiatement plu – est-ce que je n'avais pas toujours trouvé un plaisir intense, moi aussi, à venir faire l'amour dans les hôtels ?

Attablé dans ma chambre, je me suis souvenu de tout ce que m'avait dit Martin Wiesmann, j'ai mis de l'ordre dans mes notes, contemplé longuement la photo de Nolde qu'il m'avait donnée, puis je suis ressorti marcher le long des quais. En dépit de la nuit, l'activité était encore fiévreuse sur le port – les grues travaillaient sous d'énormes projecteurs, on continuait de décharger des porte-conteneurs, de remplir des soutes, d'embarquer des Mercedes pour Saint-Pétersbourg, de débarquer des régimes de bananes en provenance du Sénégal. Mon imbécile de frère aîné, ai-je pensé, soudain très en colère, me souvenant de lui nous photographiant sous des grues semblables, dans le port du Havre, lorsque Agnès et moi étions partis pour l'Amérique du Sud. Nous venions de nous marier et Frédéric occupait avec componction la place du père. En ce temps-là, nous nous entendions à peu près bien, je l'écoutais, je suivais plus ou moins ses conseils. Quinze ans plus tard, quand je lui avais soumis le manuscrit de mon premier roman, il s'était de nouveau pris pour le père et m'avait interdit par retour de courrier, au nom de tous nos frères et sœurs, de publier ce texte « honteux pour notre famille ». J'avais répondu que ce livre c'était toute ma vie, que je ne me remettrais pas de son enfouissement, il m'avait alors prévenu que si je le publiais nous serions à jamais bannis de la famille, Agnès et moi, bien entendu, mais également nos deux jeunes enfants, que toutes les portes leur seraient fermées. Pendant des nuits je n'en avais pas dormi, le suppliant d'épargner nos enfants, mais il avait tenu bon, moi aussi, le livre avait paru et nos enfants n'avaient plus jamais revu qui que ce soit de leur propre famille.

Quel homme faut-il être pour s'exclamer : « Quelle bande d'idiots ! » ai-je songé, quand l'État a saisi plus d'un millier de vos toiles, qu'il les a qualifiées d'« ordures » dans la presse nationale, qu'il a ridiculisé votre travail à travers tout le pays et vous a finalement interdit de peindre sous peine de vous jeter en prison ? Certes, ce sont des idiots, mais ces idiots-là ont construit des camps de concentration un peu partout dans le pays – et même l'un d'entre eux à dix minutes d'Husum, à Schwesing, où je me rappelle avoir passé une matinée à compter les morts, chacun représenté par un morceau de fer rouillé planté en terre –, des camps dans lesquels ils entassent et affament ceux qui leur résistent. Le peintre peut-il l'ignorer ? Sûrement pas. Alors où trouve-t-il la force de les traiter d'idiots et de retourner à sa peinture comme s'il n'en avait rien à faire quand ils lui ont déjà tout pris et que sa vie n'a plus aucun sens ? Où trouve-t-il la force ? Je m'étais sans doute moi aussi écrié : « Quelle bande d'idiots ! » en pensant à mes frères et sœurs, oui, mais j'avais supplié, écrit des dizaines de lettres – je ne pouvais me résoudre ni à abandonner mon livre ni à laisser condamner mes enfants.

Tandis que je marche sur les quais, passant sous les grues illuminées dans la rumeur des klaxons et des haut-parleurs, secrètement exalté de me trouver dans l'insondable chaos de la vraie vie, il me semble soudain que le plus idiot n'est pas celui qu'on croit, c'est-à-dire Goebbels, mais le peintre lui-même, Max Ludwig Nansen. Comment peut-il se résigner à travailler clandestinement ses petites aquarelles « invisibles » après qu'on lui a confisqué toutes ses toiles, autant dire toute sa vie ? Ça ne tient pas debout, personne ne peut croire à ce personnage, et c'est alors que m'apparaît la grandeur d'Emil Nolde, son humanité, en dépit de tout le mal qu'on peut bien penser de lui aujourd'hui. Je suppose qu'au plus fort de la campagne de haine orchestrée par le régime nazi contre lui, Nolde a dû songer à mourir – pris dans une tourmente cent fois moins violente, j'avais été traversé à un moment par le désir de renoncer, de mourir, puis la colère m'avait sauvé, et sans tenir compte de toutes les menaces des miens, j'avais publié mon livre. Au contraire de Nansen, Nolde ne se résigne pas. Porté par la nécessité de vivre, et peut-être aussi par la colère, il tente l'impossible pour récupérer ses toiles, passant outre les menaces et les insultes. Il écrit à Goebbels ainsi qu'au ministre de la Science et de l'Éducation, Bernhard

Rust, il les supplie l'un et l'autre, puis il se rend à Vienne pour tenter d'obtenir la protection de Schirach, en dépit de l'épuisement d'Ada dont la tuberculose flambe et de sa propre fatigue – il a soixante-quinze ans en 1942. Il donne le sentiment de se prostituer pour récupérer son travail, et c'est bien ce qu'on lui reproche aujourd'hui. En a-t-il conscience ?

Le lendemain matin à la première heure j'ai regagné Møgeltønder. Au milieu de la nuit m'était revenu en mémoire que dans sa correspondance avec son fidèle ami Hans Fehr, rencontré à Saint-Gall vers 1890 et devenu par la suite diplomate, Nolde évoque son voyage à Vienne. Or j'avais laissé cette correspondance à Møgeltønder, ce que je me suis reproché tout le reste de la nuit.

J'avais terriblement hâte de relire en quels termes Nolde parle de ce pèlerinage qui figure comme une tache indélébile dans sa biographie. J'ai refusé le café que me proposait gentiment Dora Findorff pour grimper aussitôt m'enfermer dans ma chambre.

La lettre datait forcément de 1942, il ne m'a pas fallu plus de dix minutes pour la retrouver.

Et voici ce qu'écrit Nolde à Fehr, le 4 avril de cette année-là : « Nous allons probablement être invités à nous rendre à Vienne à la mi-avril pour faire encore une autre tentative. Je me sens assez déprimé. D'artiste indépendant et libre, je me retrouve relégué à la position de mendiant. »

Oui, eh bien moi, me suis-je dit, je ne jetterai jamais la pierre à ce mendiant-là.

Une cigarette avec Susanne

— Si cela vous intéresse toujours, dit-elle, je peux vous montrer quelques-unes de mes toiles.

— Avec plaisir.

— Mais alors il faudrait quitter le musée vers quatre heures parce que je ne dois pas rentrer trop tard.

— Eh bien d'accord, quand vous voulez.

À quatre heures nous nous retrouvons sur le parvis et nous partons à deux voitures en direction d'Aventoft. Il y a quelque chose qui me touche en elle, une façon qu'elle a de sourire en regardant au sol, comme si elle trouvait étonnant qu'on s'intéresse à elle, mais ce qui m'étonne, moi, c'est l'intérêt qu'elle semble me porter – comme si elle cherchait à tromper la solitude. Pourquoi donc souffrirait-elle de la solitude ? Elle est jolie, même si elle fait bien attention de ne pas se mettre en valeur, toujours habillée de la même façon et les cheveux à peine coiffés, elle termine les Beaux-Arts si j'ai bien compris, et ici, au musée Nolde, elle est très entourée. Pourquoi donc souffrirait-elle de la solitude ? Susanne. Susanne comment ? Ohlendorff, quelque chose comme ça.

Voilà, elle met son clignotant, nous roulons maintenant en direction de l'aérodrome – *Flugplatz*. Une seule piste et quelques hangars que l'on aperçoit de loin, mais au dernier moment elle oblique sur la gauche et se gare devant un bâtiment de trois étages entouré d'arbres nus et couvert de graffitis.

— C'est ici, dit-elle en venant à ma portière.

— C'était quoi cet immeuble ?

— Il date de la guerre, les Allemands ont voulu à un moment construire un aéroport militaire ici, et puis ça ne s'est pas fait. On nous laisse l'immeuble en attendant de le détruire... Vous venez ? C'est au premier.

Le rez-de-chaussée est manifestement réservé aux sculpteurs. Son atelier à elle occupe la moitié de l'étage, jusqu'à un drap tendu derrière lequel on aperçoit une machine à coudre et un tas de vieux tissus. Quelques toiles sont appuyées contre le mur de gauche, une autre est en chantier sur le chevalet, et sur une table roulante pleine de coulures s'accumulent des tubes de gouache, des pinceaux, sa palette, des produits, des chiffons.

Ce sont des toiles abstraites qui ne s'offrent pas au premier regard.

— Est-ce qu'on peut approcher celle-ci de la lumière ?

Elle libère le chevalet, la pose dessus et l'oriente vers le faisceau lumineux qui tombe du plafond.

— Je l'aime beaucoup, et en même temps elle me fait un peu peur, comme à l'approche de la nuit quand on ne sait pas si on va trouver un endroit où dormir.

— Ça me fait plaisir que vous l'aimiez. Je peins depuis une dizaine d'années seulement, je suis bien consciente...

Elle ne finit pas sa phrase, je retourne vers les autres toiles, près du mur. Au second regard je me laisse absorber, j'entre prudemment – c'est comme dans la lecture, il faut y revenir pour éprouver la sensualité qui se cache sous les mots, que les mots diffusent mystérieusement selon la façon dont l'écrivain les a disposés. La sensualité ou le désarroi, ou la peur, quelque chose qui surgit soudain d'une scène en apparence anodine. Ici, ce sont les couleurs qui prennent la place des mots, elles nous attirent malgré nous vers les profondeurs, on se sent soudain inexplicablement ému, ou perdu, ou dans le plaisir, ou transporté plus loin qu'on ne voudrait, comme si une présence invisible nous prenait par la main.

— Merci, dis-je, je suis heureux d'être venu.

— J'ai encore cinq minutes, voulez-vous fumer une cigarette avec moi ?

Elle éteint le projecteur, nous fumons près de la fenêtre ouverte dans le soir qui tombe. La pièce est glaciale, nous avons gardé nos manteaux.

— Où habitez-vous ?

— Tønder. Je dois rentrer le soir avant six heures, sinon ma fille est toute seule à la maison.

— Ah, je comprends. Quel âge a-t-elle ?

— Bientôt six ans.

Elle sourit.

— Et vos recherches au musée, reprend-elle après un silence, où en êtes-vous ?

— Comment savoir ? J'ai demandé au conservateur la permission d'accéder à certains documents de la vie privée de Nolde, j'attends sa réponse. Je suis intrigué par son second mariage, enfin, par Jolanthe. Elle était si jeune quand elle l'a rencontré, vingt-cinq ans, et lui quatre-vingts, j'aimerais découvrir comment elle s'adresse à lui, de quoi est faite son attirance...

— Et comment allez-vous faire ?

— Lire la correspondance qu'ils ont entretenue avant de se marier... Et peut-être même après, je ne sais pas. Le musée possède ces lettres, il est possible que le conservateur m'autorise à les lire.

— Je dois partir maintenant. Vous allez retrouver votre chemin tout seul ?

— Oh oui, et puis je ne suis pas pressé, je vais rester encore un peu ici, si vous voulez bien.

— Peut-être à demain alors. En sortant, vous n'avez qu'à tirer la porte derrière vous.

Chez les Welzer

Klaus passe me chercher en début d'après-midi.

— J'ai peut-être quelque chose pour vous mais l'électricité est coupée, il faut visiter avant la nuit.

Il me semble qu'il est soulagé que sa mère ne soit pas là. En tout cas, il est plus détendu que la première fois et il accepte de prendre un café avant de me montrer la maison.

— Elle n'est plus entretenue du tout, m'explique-t-il, parce que le terrain a été vendu à un homme qui veut installer là-bas un élevage de chevaux.

La maison n'intéresse pas cet homme, il compte la démolir. Mais il veut bien me la louer en attendant. C'est à la sortie de Møgeltønder, en direction des koog et de la digue.

Dans la voiture, je remercie Klaus de me consacrer tout ce temps. Il fait comme s'il n'entendait pas, le front soucieux.

— Je vous envie d'écrire, dit-il soudain, c'est ce que j'aurais aimé faire.

— Il n'est pas trop tard.

Il ne relève pas, comme si ce genre de phrase, n'est-ce pas...

— C'est au bout de cette allée, dit-il un peu plus tard, me la désignant du doigt, penché au-dessus de son volant.

Un étroit ruban de bitume bordé d'aulnes décharnés et tordus par le vent. Et voici la maison, en effet, une maison de brique, l'allure d'une gare désaffectée avec son fier fronton sous le toit pointu et ses dépendances de part et d'autre.

— Il faut reconnaître qu'elle n'est pas très belle, souffle-t-il.

— Elle me plaît beaucoup, au contraire.

— Vous auriez sans doute préféré une maison frisonne mais je n'en ai pas trouvé...

Une porte d'entrée à double battant, un vestibule très haut de plafond distribuant à gauche la salle à manger et à droite le salon – les pièces sont encore meublées et dans chacune la cheminée est encore pleine des cendres du dernier feu.

— Vous savez qui habitait ici ?

— Un vieux couple d'anthropologues, les Welzer. Ils étaient bien connus dans la région.

— Et ils sont partis comme ça, du jour au lendemain ?

— On les a retrouvés morts à bord de leur petit bateau, l'été dernier. Les journaux en ont beaucoup parlé. Ils n'avaient pas d'héritiers, leurs affaires étaient en ordre, il semble qu'ils aient décidé de partir ensemble pour échapper à la vieillesse. Enfin, ils avaient tout de même plus de quatre-vingts ans l'un et l'autre...

— Tout est là comme s'ils allaient revenir...

— Il est probable que s'ils n'avaient pas vendu avant de mourir, la région aurait repris la maison pour en faire un musée à leur mémoire. Ce sont des gens qui ont beaucoup travaillé dans cette région qu'aimait Conrad, justement, toutes ces îles entre Jakarta et Timor. Ils laissent une dizaine de livres. Les objets, ils ont pris soin de les donner aux différents musées de Copenhague.

L'escalier prend au fond du vestibule. Un large escalier de bois dont les marches craquent sous nos pas. Deux belles chambres à l'étage, une salle de bains avec sa baignoire à pieds et ses robinets tachés de vert-de-gris. Enfin, au-dessus encore, sous le toit, le bureau des Welzer, deux meubles disposés en vis-à-vis, leurs stylos et leurs encriers, leurs buvards... La pièce est tapissée de livres parmi lesquels les araignées ont tissé leurs toiles.

— Ça me semble impossible que tout cela soit un jour détruit, dis-je en m'asseyant à l'un des bureaux.

— Ma mère va reprendre tout le mobilier, elle a fait une offre qui a été acceptée.

— Votre mère connaît donc la maison.

— Oui. Au départ, le type était pressé, le chantier devait démarrer à l'automne, et puis finalement il a reporté, c'est pourquoi il veut bien vous la louer.

— Pour combien de temps à votre avis ?

— Quelques mois. J'ai cru comprendre qu'il se sépare de sa femme et qu'il a des soucis plus urgents que son élevage de chevaux.

Klaus s'assoit en face de moi.

— Cette maison, c'est inespéré, dis-je. Vous ne devinez pas... Enfin, je ne sais pas trop comment vous remercier.

— Le hasard des rencontres. Je n'aurais pu la louer à personne d'autre qu'à vous – on ne pourra pas faire de bail, il faudra partir du jour au lendemain quand le propriétaire le décidera.

— Oui, oui, j'ai bien compris... Dites, Klaus, vous semblez sans cesse ailleurs, agacé ou préoccupé, pourquoi faites-vous ce métier s'il vous ennuie tant que ça ?

— Ah... Au départ, pour plaire à mon père, pour ne pas être sans cesse en conflit avec lui.

— Qu'est-ce qu'il fait, votre père ?

— Armateur. À Hambourg. Il a plusieurs cargos qui portent tous le prénom de ma mère, *Dora I*, *Dora II*, *Dora III*...

Il sourit, j'ai cru un instant qu'il voulait se moquer, mais non, cela semble au contraire le toucher.

— Il l'a sûrement beaucoup aimée, dis-je.

— Elle s'est arrangée pour tout foutre en l'air.

— Oui, elle m'a un peu raconté. Et donc, pour ne pas être en conflit avec votre père... ?

— Quand il a compris que ça ne m'intéressait pas de travailler avec lui à Hambourg, il a exigé que je reprenne cette étude de notaire. J'ai fait du droit pour lui plaire, mais je me destinais à écrire du théâtre.

— Vous aviez commencé quelque chose ?

— Oui, j'ai même osé lui envoyer les premières pages. Il m'a demandé si je comptais vivre de ces « niaiseries ». C'est le mot qu'il a employé.

— Et vous avez renoncé ?

— J'étais dans une situation sentimentale compliquée, je n'aurais pas pu me passer de son argent.

— Les gens censés nous aimer sont souvent ceux qui tentent de nous empêcher de vivre...

— Ce n'était pas qu'une affaire d'argent, reprend-il, suivant le cours de sa pensée, j'aime mon père, j'ai besoin de me sentir en accord avec lui.

— Ils nous étouffent de leur prétendu amour.

— Il avait peut-être raison, en plus, ajoute-t-il sans m'écouter. Je n'ai jamais relu ce que j'avais écrit, ces « niaiseries », mais il est probable que ça ne vaut rien du tout... Bon, je dois retourner au bureau, je vais vous raccompagner, vous voulez faire un dernier tour avant de partir ?

Les maisons

J'avais terriblement hâte de revenir seul. Toute la nuit j'ai imaginé ce retour, allumant à trois ou quatre reprises pour m'assurer que les clés étaient bien là, les prendre entre mes doigts, les considérer une par une, les recompter : sept ! Klaus m'avait remis distraitement le trousseau, la tête ailleurs, pressé de retourner à ses affaires – « Tenez, voilà les clés, n'hésitez pas à m'appeler », une ou deux pour la porte principale, d'accord, mais pour les cinq autres je me demandais. Et enfin j'y suis. Enfin j'y suis ! Je roule au pas entre les aulnes noirs et tordus, sur la route étroite, guettant l'apparition de la maison. Elle surgit après le tournant, son fier fronton s'élève bientôt au-dessus des aulnes, il grimpe et se découpe sur le ciel couleur de cuivre, on annonce de la grêle, un orage de grêle sur tout le Schleswig, paraît-il – « Prenez garde, Augustin, ça peut être très dangereux par ici » (Dora Findorff) –, puis c'est au tour des dépendances et quand la maison est là tout entière je m'immobilise, je coupe même le moteur pour ne plus rien entendre, ne pas être dérangé.

Cette scène-là, je suis certain de l'avoir déjà vécue avec Agnès en Argentine, peut-être seulement dans nos rêves mais quelle importance ? En Argentine, à Comodoro Rivadavia, après que l'homme de l'agence immobilière nous eut dit que c'était possible, oui, *claro que si*, il lui arrivait parfois de recevoir des maisons délabrées sans aucune valeur qu'il cédait alors au prix du terrain, c'est-à-dire pour une bouchée de pain puisque la terre ne valait pratiquement rien en Patagonie, et pendant des jours et des jours, Agnès et moi nous étions raconté cette maison où nous aurions nos enfants, où elle aurait des chevaux, où j'écrirais mon premier roman, cette maison qui jamais n'avait surgi parce que l'Argentine avait soudain basculé dans la dictature et que l'homme de l'agence avait disparu du jour au lendemain. Tant d'années après, alors qu'Agnès n'est plus ma femme depuis longtemps, qu'Esther ne l'est plus non plus, que nos enfants sont grands et n'ont plus besoin de moi, voilà que cette maison m'est enfin donnée. C'est à cela que je songe, immobilisé à une centaine de mètres d'elle, l'embrassant dans sa beauté, sa « *miraculeuse* beauté », dis-je tout bas dans l'habitacle, car au début de ma rencontre avec Esther j'avais de nouveau cru la chose possible – une maison en ruine que je reconstruirais de mes mains, où nous aurions de nouveaux enfants, où j'écrirais de nouveaux romans, et c'est à une gare que j'avais pensé, imaginez-vous, une gare parfaitement semblable à celle-ci qui n'en est pas une, puisque la SNCF les bradait alors par dizaines et qu'habiter une gare m'avait paru être de bon augure pour notre nouvelle vie.

Ce silence des maisons, qu'elles soient à l'abandon ou à vendre. Elles se taisent, bien entendu, puisque plus personne ne les habite, mais il y en a dont le silence exprime une dissonance pénible, quelque chose de grossièrement falsifié, de maquillé, qui nous donne envie de repartir aussitôt, tandis que dans d'autres nous nous sentons inexplicablement happés, bouleversés parfois. De celles-ci nous ne voulons pas repartir, souvent même nous hésitons à pénétrer plus avant, balançant sur le seuil entre le regret d'avoir manqué les gens qui vivaient ici et le sentiment d'être un intrus, un misérable petit acheteur qui s'imagine qu'avec son fric... Quand nous avions cherché une maison dans le Cantal avec Esther, après avoir eu nos enfants et renoncé depuis longtemps à la gare SNCF, j'avais appris à reconnaître de quoi est fait le silence des maisons. La plupart du temps, à peine entré je ressortais – jamais je n'aurais pu habiter de tels endroits, tout y sonnait faux, c'était affreux, on se demandait même si un jour il y avait eu une maison digne de ce nom entre ces murs-là. Puis un jour on nous avait présenté celle du Mont-Pertus dont personne ne voulait, paraît-il, parce qu'elle n'avait pas le style du pays, et à l'instant où la dame de l'agence avait ouvert la double porte, nous laissant entrevoir la splendeur de la pièce avec son plafond haut, sa cheminée de marbre rouge, son lustre Art déco, ses carreaux de ciment au sol, je m'étais senti à la fois confus d'être l'homme qui allait l'acheter, qui *pouvait* l'acheter, et saisi du désir ardent de succéder à ceux qui avaient habité ici. Ils ne sauraient jamais rien de nous, peut-être même étaient-ils morts sans savoir ce qu'il adviendrait de leur maison, tandis que d'eux nous pouvions facilement deviner qu'ils avaient vécu en harmonie avec cette élégance des volumes, des matériaux, de la lumière que dispensaient les fenêtres si belles, nous pouvions savoir qu'ils avaient pris soin de ne rien transformer, de ne rien abîmer, respectueux de ce qu'avait imaginé pour eux l'architecte, pour eux ou pour leurs parents, au milieu des années vingt. Dans l'instant où je la découvrais, je m'étais entendu dire que je la prenais, j'avais eu cette audace, en proie à une sorte d'ivresse, comme si elle m'était destinée en quelque sorte, et alors même qu'Esther ne voyait rien, ne ressentait rien. Elle avait vaguement essayé de me raisonner, de me contredire, mais elle n'était pas de taille ce jour-là, et ce n'est que bien plus tard, quand la maison avait été à nous, que j'avais pu entendre qu'Esther aurait préféré un de ces corps de ferme du Cantal, avec une vaste cuisine au plafond bas où nous aurions pris nos repas autour d'une table de bois et devant une de ces cheminées sépulcrales où l'on enfourne des troncs d'arbres comme s'il s'agissait de bûchettes.

Comme Esther ce fameux jour, Klaus n'avait ressenti aucune émotion en pénétrant chez les

Welzer, dans cette maison qu'il ne trouvait pas belle alors qu'elle m'avait aussitôt ramené à ce rêve qui nous avait enflammés, Agnès et moi.

Le Mont-Pertus est devenu la maison des enfants, là-bas je ne suis pas un homme avec sa mémoire, ses désirs et ses béances, je suis leur père, je continue d'écrire des livres qu'ils ne lisent pas, dont ils ont vaguement honte – c'est un moindre mal, songent-ils, car ils n'aimeraient pas que je m'ennuie –, chaque jour après le déjeuner je file sur mon vélo, ce qui atteste de ma bonne santé, de ma vitalité également, et je vois combien ils apprécient ce rituel, je soigne les arbres, je taille les rosiers, j'arrose consciencieusement la pelouse, quand ils m'appellent c'est pour me parler d'eux et jamais je n'oublie de les féliciter, quand ils arrivent ils entendent bien que tout soit beau pour eux et que ma joie de les recevoir soit débordante – elle l'est, je suis toujours heureux de les voir apparaître et, en dépit des douleurs fulgurantes qu'ils réveillent incidemment parfois, sans s'en douter une seule seconde, toujours d'humeur égale. Je m'y efforce en tout cas. J'ai bien compris qu'il n'y a rien de plus embarrassant pour des enfants que de constater l'humanité du père (ou de la mère), rien de plus inquiétant également car si le père se met à douter des choses, à prétendre qu'aussi bien il pourrait, alors à quoi vont-ils se raccrocher ? Que le père apparaisse humain et c'est soudain comme si le sol se dérobait sous leurs pas – au Mont-Pertus je suis ce sol, je ne dois pas trembler, je ne dois pas me dérober, sinon ils vont perdre cette assurance magnifique qui leur donne la force de rire aux éclats les soirs d'été et d'avancer fièrement tout le reste de l'année.

Mais en voyage je suis un homme. Qu'ils m'appellent et dans la seconde je suis le père, pourtant aussitôt le téléphone raccroché je retourne à mon humanité qui ne les regarde pas. Ils ne savent rien de la déception, puis de l'effondrement qu'a provoqués en moi Esther, de ce que je suis allé chercher à Husum, du livre que je suis en train d'écrire, ici, à Møgeltønder, tandis que je continue d'embrasser du regard la maison des Welzer, du temps que je ne considère plus comme avant. Pendant des années, je l'ai partagé avec eux et avec Esther, le temps, *mon* temps, or voilà qu'il m'est intégralement rendu. Je ne donne plus de temps à Esther, et eux n'ont plus besoin de moi, sauf dans la symbolique paternelle, cette cérémonie dont je connais chaque réplique. Oui, voilà que mon temps m'appartient de nouveau entièrement. Si je n'étais pas père, je pourrais même décider d'y mettre un terme, personne n'aurait rien à dire. Mais je suis père, et par bonheur suffisamment curieux de ce qui pourrait encore advenir pour adhérer à ce qu'écrivait Tolstoï à sa femme Sophia, le 29 octobre 1910, après avoir appris qu'elle avait tenté de se suicider : « La vie n'est pas une plaisanterie, et nous n'avons pas le droit de l'abandonner ainsi. C'est même irraisonnable de la mesurer suivant la durée du temps ; les mois qui nous restent à vivre sont peut-être plus importants que toutes les années vécues ; il faut bien les vivre. »

Qui sait, en effet, si les mois qui me restent à vivre ne vont pas compter plus que toutes les décennies déjà vécues ? Qui sait ce que me réservent les jours que je vais passer dans la maison des Welzer ? Combien de temps a-t-il dit qu'il pouvait me la louer ? Ah oui, quelques mois. Mais quelques mois c'est une éternité au point où j'en suis de ma vie.

Pourquoi les portes vitrées des cuisines...

À l'instant où je pousse la porte, l'émotion et le plaisir mêlés me font accélérer le cœur. Un plaisir sensuel, intense – songer que cette maison m'est offerte, que je suis l'héritier de son histoire, qu'à mon tour je vais lier mon destin au propos silencieux qu'elle tient là depuis tant d'années, respirer son air, parcourir ses pièces, m'y asseoir si j'en éprouve soudain le désir pour entendre les échos des vies précédentes, et au tremblement qui me saisit, tandis que je demeure interdit sur le seuil, je sais déjà que je vais éprouver ce désir – celui de me laisser gagner par sa mémoire au fil des jours, d'être l'oreille de tout ce qu'ont entendu ses murs et qui demeure là, je le sais, invisible comme peut l'être la pensée, mais cependant audible.

Je m'avance à travers le vestibule et puis j'entre dans la salle à manger. Les Wezler prenaient leurs repas en tête à tête, deux chaises seulement se font face autour d'une table de bois sombre dont les angles brisés sont incrustés d'un motif plus clair, une sorte d'éventail couleur ivoire que l'on retrouve sur les portes du vaisselier. Si toutefois des invités surgissaient, quatre chaises sont disposées contre le mur du fond. Mais tiens, dans l'angle de ce mur-ci une porte est entrouverte à laquelle je n'avais pas prêté attention la première fois. Elle donne accès à la cuisine, une vaste salle dont tout un pan de mur est occupé par la pierre d'évier, la cuisinière à bois et un bon mètre cube de bûches proprement empilées. Au milieu de la pièce, une longue table de bois au plateau patiné et, au fond, une autre porte, vitrée celle-là, à travers laquelle on aperçoit le jardin. Pourquoi les portes vitrées des cuisines donnant sur le jardin, à l'arrière des maisons, me précipitent-elles dans la nostalgie ? J'allais écrire nous précipitent-elles, mais je me suis rappelé à temps qu'il existe au moins un homme capable de vouloir détruire une telle maison – celui-là doit être absolument insensible à la nostalgie qu'éveillent les portes vitrées des cuisines donnant sur le jardin, à l'arrière des maisons.

Elle est verrouillée, et alors il faut voir avec quel empressement je brandis mon trousseau de clés. Ce doit être la plus longue dont l'anneau est usé d'avoir été manipulé, et c'est elle en effet. Au moment où j'ouvre, laissant entrer une bouffée d'air humide, les premiers grêlons commencent à s'abattre paresseusement sur l'herbe. Ils tintent sur la marquise au-dessus de ma tête, ce long auvent de verre granuleux que je découvre et qui protège donc tout l'arrière de la maison, soutenu par de puissants cintres de fer. Je m'entends murmurer quelque chose d'inaudible, qui pourrait être un remerciement au Ciel, si je croyais encore en Dieu, pour la grâce de cet instant : pour le son de la grêle sur la marquise, pour le spectacle du jardin clôturé d'une haie d'aulnes, rempart contre le vent, comme on le fait ici, pour l'ivresse qui me gagne à penser que je vais pouvoir me tenir là, sur le seuil de la cuisine, chaque jour, et autant d'heures que je le voudrai, guettant le passage des nuages, celui des oies sauvages, les variations de la lumière, dans quelques semaines les premiers signes du printemps, assis sur une chaise aussi bien et un livre entre les mains, puisque l'architecte a eu la bonne idée d'établir cet espace pavé protégé de la grêle et de la pluie par cet auvent de verre.

J'hésite à rentrer, le manque d'Esther me traverse soudain, si elle était là, me dis-je, je pourrais partager avec elle l'excitation de ce moment, elle m'écouterait en souriant, étrangère à ce genre d'émotion, je le sais, mais quelle importance ? Et puis elle me planterait là pour aller défaire sa valise, ranger ses affaires dans l'armoire de Mme Welzer, mais je serais tout de même satisfait qu'elle ait emporté avec elle une partie de mon plaisir. Pourquoi ? Pourquoi éprouvons-nous le besoin de partager ce que nous ressentons, y compris sans illusion, en sachant que ce que nous disons ou rien ? Je me demande. En même temps, je vois bien que ce besoin me quitte, qu'il ne me rattrape plus que de loin en loin, que j'apprends de mieux en mieux à jouir tout seul de ces moments, quitte à m'entretenir avec moi-même, à me parler tout bas comme ces personnes prétendument dérangées que l'on croise parfois sur un trottoir.

La grêle s'interrompt, ce n'est peut-être pas pour tout de suite, alors je me décide à rentrer et je referme la porte derrière moi. Ce qui me préoccupe, subitement, arrêté au milieu de la cuisine et me tenant le menton, c'est de savoir à quel endroit je vais m'installer pour écrire. Depuis deux ou trois jours, impatient de découvrir cette maison, je n'ai plus rien noté dans mon cahier, de sorte que c'est comme si tout cela n'existait pas. Pas encore, du moins. Mon livre s'arrête à ce texte bref que j'ai intitulé « Une cigarette avec Susanne » et dans lequel je rapporte ma visite à son atelier. C'est cela qui est proprement affolant avec la vie : que nous soyons au travail ou non, elle continue de filer comme si nous n'existions pas, si bien que nous passons l'essentiel de notre temps à lui courir après avec le sentiment décourageant de ne parvenir à sauver qu'une infime partie de tout ce qu'elle nous donne.

Oui, à quel endroit me mettre pour écrire ? Là, tout de suite, il est urgent que je rapporte ma première visite avec Klaus, puis tout le reste. J'entends déjà les mots, Klaus évoquant les cargos du père, l'argent du père, le jugement du père – « Et tu comptes vivre de ces niaiseries ? » Je retraverse la salle à manger, jette un œil au salon depuis le vestibule (il n'y a jamais rien à attendre des salons, un espace dévolu à la représentation, celui des Welzer n'y échappe pas), grimpe à l'étage, et c'est en observant les chambres que survient le souvenir du bureau. J'ai là, dans la poche de mon manteau, mon cahier et mon stylo, je n'ai plus qu'un étage à monter, mais au tournant de l'escalier je perçois la sensation d'humidité et de froid, et en pénétrant dans le bureau je frissonne.

Entre-temps, la grêle a repris et son martèlement sur les tuiles du toit produit un effet de suffocation. Il faut cela pour me ramener à la cuisine. Ici, tout le ciel pourrait bien s'effondrer qu'on se sentirait à l'abri entre ces murs solides et avec cet auvent de gros verre qui maintient à distance le rideau des grêlons. J'approche le banc, je m'attable. Je songe que tout à l'heure j'allumerai le feu dans la cuisinière, avant de choisir une chambre et de défaire ma valise. Je songe que chaque jour je vais écrire dans cette cuisine et cette certitude me remplit de bien-être. Puis, avant la tombée de la nuit, je retournerai à Møgeltønder pour acheter des bougies et de quoi manger – des fruits, des légumes, du pain, du fromage, du vin, du café, du chocolat...

Une photo de l'été 1947

Je me demande qui a pris cette photo d'Emil Nolde rentrant seul chez lui un soir d'été. Il est saisi de dos et semble chanceler à quelques pas du seuil de sa maison, sur ce chemin de terre que je viens moi-même d'emprunter. Il porte son long manteau rapiécé et son chapeau, et l'on devine une canne dans sa main droite. La photo est datée du 7 juillet 1947, huit mois jour pour jour après la mort de sa chère Ada.

Pour son quatre-vingtième anniversaire, le 7 août de cette même année, des expositions de son œuvre sont en préparation à Berlin, Hambourg, Lübeck et Kiel. La guerre est finie depuis deux ans, Anglais et Américains ont récupéré les centaines de toiles confisquées par les nazis – elles vont petit à petit regagner les musées nationaux au fur et à mesure de la reconstruction du pays. Après être passé tout près de l'anéantissement, le sien propre et celui de son travail, Nolde sait que son œuvre est sauvée, même si quelques toiles ont été détruites, certaines dans le bombardement de son atelier berlinois, d'autres par les soldats russes lorsqu'ils ont investi et dévasté le château de Teupitz, près de Berlin, qui en abritait plusieurs, d'autres enfin par le policier de Rugbüll qui se serait obstiné à faire son devoir jusqu'au dernier jour, jusqu'à son arrestation par les Anglais pour tout dire.

Cette même année 1947, le peintre achève la rédaction du quatrième et dernier volume de son autobiographie : *Reisen, Ächtung, Befreiung (1919-1946)* – « Voyage, proscription, libération ».

Ainsi, tout semble lui sourire, dix années exactement après l'exposition « Art dégénéré », et cependant il chancelle. C'est ce que j'observe derrière ma loupe, penché sur cette photo qui me serre le cœur. À l'instant d'entrer dans sa maison, après cette belle journée passée à peindre sur le petit pont de bois, on dirait qu'il se rappelle soudain qu'Ada n'est plus là et que le chagrin l'accable. À quoi bon ? paraît-il s'interroger, et dans le mouvement vrillé de son corps qui semble brusquement lui échapper, se dérober, on pressent le désir d'en finir, de ne pas faire un pas de plus...

— Ah, vous êtes là ! dit-elle. Le conservateur vous cherche depuis plusieurs jours.

— Bonjour, Susanne.

— Vous aviez disparu...

— Tenez, vous voulez bien prendre ma loupe et regarder cette photo ? J'aimerais savoir ce qu'elle vous inspire.

Elle se penche à son tour et je vois qu'elle a de la peinture jaune dans les cheveux.

— Si je ne reconnaissais pas Nolde, remarque-t-elle, je dirais que c'est un vieil homme un peu ivre. Un clochard peut-être.

— Mais vous reconnaissez Nolde.

— Oui, il a dû boire un coup de schnaps, il aimait bien ça, vous savez, surtout le soir, et il ne marche plus très droit.

Elle se redresse et me rend ma loupe.

— Je me disais que vous n'alliez plus revenir, reprend-elle en rougissant légèrement avec ce sourire qui pourrait être aussi bien un petit rictus de dépit, ou d'embarras.

— J'ai trouvé une maison à louer, je suis resté travailler chez moi...

Et soudain je m'interromps parce que j'ai une illumination.

— La photo, dis-je, je me demandais qui l'avait prise, eh bien je suis sûr que c'est Jolanthe. Vous ne croyez pas ?

— Pourquoi est-ce si important ?

— Parce que si elle n'avait pas été là, il serait tombé. Regardez comme il penche... Tenez, reprenez la loupe et regardez. Si elle n'avait pas été là il serait tombé.

— C'est bien possible, oui.

J'ai photographié le cliché avec mon téléphone et à présent, installé dans ma cuisine, je peux m'absorber dans son examen. On devine un massif de fleurs sur la droite et, au fond, l'encadrement de la porte d'entrée. Les épaules du peintre ont commencé à pivoter et c'est pourquoi le manteau accuse ce long pli sombre dans le dos. En grossissant les souliers – ces mêmes godillots qu'il portait durant la guerre, je les reconnais –, on voit que le gauche ne touche déjà plus le sol. Le peintre est sur le point de basculer en arrière et sa canne, plantée bien trop près de son pied droit, ne lui est d'aucun secours.

Jolanthe n'est qu'à trois ou quatre mètres de lui, elle voit cela dans son viseur à l'instant où elle prend la photo, et elle a le temps de bondir, de le saisir fermement par les épaules et de le rétablir sur ses jambes. Vous alliez tomber, dit-elle, essoufflée par l'effort, ou par la peur. Elle l'a vu s'abattant de toute sa hauteur, sa tête venant heurter une des pierres du chemin et, du coup, elle continue de le retenir.

Il sourit. Ses yeux gris larmoient d'avoir passé toute la journée dehors dans le vent d'ouest. C'est la première fois qu'il peut observer le visage de Jolanthe de si près et il y décèle quelque chose qui le trouble, une émotion qui dépasse largement la simple inquiétude d'une très jeune femme pour la santé d'un vieil homme. Eh bien oui, dit-il, un peu plus et sans toi... Il la tutoie. Il l'a vue naître. Elle est la fille de son ami Eduard Erdmann, pianiste et compositeur. Lors du dernier concert donné par celui-ci dans l'église de Satrup, près de Flensbourg, quelques semaines plus tôt, elle s'est assise au premier rang à la droite du peintre tandis que sa mère, Irène, occupait la place de gauche. Ils ne se sont pratiquement rien dit durant le récital, Nolde parlant plus volontiers à l'oreille d'Irène, mais on peut imaginer que Jolanthe a beaucoup observé le peintre de profil puisque c'est elle qui lui demande, peu après, s'il accepterait qu'elle vienne passer quelques jours à Seebüll.

Elle veut le photographier au travail. Il commence par refuser, arguant que ce serait bien volontiers si Ada était encore là, mais que sans elle il ne se sent pas la force d'accueillir qui que ce soit. Elle rétorque avec un certain culot qu'elle est assez grande pour s'occuper d'elle-même toute seule, et que si le peintre y consent elle lui préparera ses repas car elle est plutôt bonne cuisinière. C'est ce ton, sa désinvolture qui fait sourire Nolde et le convainc d'accepter.

Elle n'est à Seebüll que depuis trois jours quand elle rattrape le peintre de justesse après l'avoir photographié de dos. Vous voyez, dit-elle, en réponse à son sourire, vous ne pouvez déjà plus vous passer de moi... Il décide de ne pas relever, ce n'est pas dans ses manières cette façon un peu cavalière de parler, de renverser les situations en feignant d'en rire, mais dans les minutes qui suivent, et tandis que Jolanthe leur prépare à dîner, il est étonné de constater qu'il se sent le cœur moins lourd, comme si cette jeune femme était parvenue à le distraire de la perte écrasante d'Ada.

La journée de juillet où son cœur a basculé

J'ai demandé à Susanne si elle accepterait de me traduire les lettres de Jolanthe et elle a immédiatement acquiescé.

— Ça risque tout de même de vous prendre un peu de temps, ai-je insisté.

— Oui, mais c'est une chance pour moi aussi de découvrir ces lettres.

Et maintenant, tandis que nous roulons à deux voitures en direction de ma maison, je repense à l'étrangeté de cette scène. Je suis allé trouver Susanne dans le bureau exigu qu'on lui a donné, sous le toit, et à l'instant où elle m'a vu entrer son visage s'est éclairé. On aurait dit que toute intrusion pour la sortir de cet endroit, de ce travail était la bienvenue, si bien qu'ensuite j'ai pensé qu'elle aurait probablement manifesté le même empressement si je lui avais proposé d'aller voir la mer, ou de l'emmener boire un verre à Tønder.

Comme elle avait sur son bureau plusieurs reproductions de toiles de Nolde, je l'ai priée de m'expliquer ce qu'elle en faisait et pendant qu'elle parlait j'ai soudain compris l'origine de mon plaisir à la regarder : elle a des mimiques assez semblables à celles d'Agnès, ma première femme, que je n'ai pas revue depuis plus de vingt ans – une façon de pencher la tête sur le côté, comme pour guetter l'assentiment, une façon de sourire à la fin de certaines phrases, les yeux dans le vague, donnant le sentiment qu'elle continue de réfléchir et a oublié votre présence, et aussi, quand une mèche lui tombe sur le nez, de la glisser derrière son oreille d'un geste vif. Ce qui est étonnant c'est qu'Agnès elle-même avait retenu mon attention, la première fois, parce que certaines de ses expressions m'avaient rappelé ma cousine Gwenaëlle qui devait avoir quinze ans, et moi cinq, l'année où elle m'a appris à faire du vélo. J'avais d'abord voulu que Gwenaëlle soit ma mère, ce qu'elle avait refusé, puis j'avais envisagé de l'épouser, je pensais sans cesse à elle, mais elle m'avait préféré un homme plus âgé et quand ils avaient eu leur premier enfant elle m'avait demandé si cela m'intéresserait de le garder certains soirs, de sa voix de femme si sensuelle qu'elle me faisait trembler (déjà, si jeune). Cela m'intéressait, naturellement, mais ça avait été une torture de constater combien son mari, ce vieux type, semblait l'aimer. Il y avait des photos d'elle partout dans l'appartement et ses robes remplissaient tout un placard – l'odeur de son parfum, aux encolures et aux aisselles, était à tomber mort. Puis j'avais rencontré Agnès et renoncé à Gwenaëlle. En somme, me dis-je, roulant vers ma maison, suivi par Susanne, nous passons notre vie à rechercher la copie du premier visage aimé. Pour la plupart des hommes, ce doit être celui de la mère, mais pour moi, naturellement, ça n'a pas fonctionné, de sorte que c'est le visage de ma cousine Gwenaëlle qui continue d'incarner, aujourd'hui encore, la tendresse, la beauté, le désir.

J'ai ouvert la porte et me suis effacé pour laisser entrer Susanne. Elle s'est immobilisée au milieu du vestibule, a semblé hésiter sur la direction à prendre puis a franchi la porte du salon, sur sa droite. Je l'ai entendue étouffer une exclamation de surprise. J'ai vidé la pièce il y a quelques jours (remisé tous les meubles dans une des dépendances) et je viens souvent l'arpenter pour le seul plaisir d'éprouver la liberté d'aller et de venir sur ce large plancher et dans cette élégance du vide. Je n'ai laissé qu'un banc contre le mur en vis-à-vis de la cheminée, et hier soir, obéissant à une impulsion soudaine, j'ai allumé un feu dans cette cheminée. Aussitôt, la pièce s'est animée, on aurait dit qu'elle s'éveillait de décennies d'ennui, d'enfouissement, et reculant alors pour l'observer depuis le seuil j'ai eu la perception de sa vivante beauté, la certitude que l'âme de la maison se tenait là, que je venais de la ranimer.

À présent, c'est Susanne qui se tient là, élancée et menue dans un manteau de laine chinée que je ne lui connaissais pas.

— Il vous va bien ce manteau.

— Oui, c'est un cadeau de mon mari. Elle est très belle, cette salle... Vous ne l'habitez pas ?

— Si, j'aime bien y venir. Mon plaisir, c'est de savoir qu'elle est là et que je peux y venir.

J'ai conservé la salle à manger comme les Welzer me l'ont laissée, la table et ses deux chaises, le vaisselier, et Susanne ne fait aucun commentaire.

— Ah, dit-elle en découvrant la cuisine et la table encombrée de mes livres et de mes papiers, c'est donc ici que vous travaillez.

La cuisinière à bois dispense une chaleur agréable. Susanne est sur le point de retirer son manteau quand elle aperçoit le jardin. Alors elle se dirige vers la porte vitrée.

— Au printemps, dit-elle une fois dehors, vous allez être bien ici.

Elle sourit à sa façon, rêveuse, comme absente soudain, et puis très vite elle rentre et enlève son manteau.

La première lettre est datée d'août 1947. Jolanthe est retournée chez ses parents, à Flensbourg, et c'est de là qu'elle écrit au peintre. Elle lui raconte la journée de juillet où son cœur a basculé. Elle s'est réveillée tard, ce matin-là, et quand elle est descendue elle a trouvé Nolde en train de peindre. Il était debout devant sa toile, en contrebas de la maison, avec son manteau aux larges poches et son éternel chapeau.

« Je vous ai dit bonjour de loin, écrit-elle, mais vous ne m'avez pas répondu. J'ai deviné en m'approchant que vous vouliez attraper les nuages qui filaient au-dessus de la petite maison, de l'autre côté de la route, la petite maison qui était déjà esquissée sur la toile. Vous scrutiez le ciel, puis vous reveniez à votre palette avant d'étaler du gris. Mais ce gris-là ne vous convenait pas, sans doute, car vous bougonniez, comme en colère. Je me suis demandé si ça m'était adressé, mais non, c'était contre vous que vous en aviez, contre votre difficulté à trouver le bon gris. J'ai compris que je ne devais pas vous déranger et je me suis tenue en retrait. J'ai passé la matinée assise sur le talus au-dessus du petit étang de votre jardin. De là, je pouvais vous observer de profil : votre visage émacié par le deuil et, dans l'ombre portée du chapeau, la vivacité de votre œil clair qui témoignait de la fièvre qui vous habitait. Vous étiez au travail, chaque parcelle de votre personne engagée dans la création de cette toile, dans la quête de ce gris qui vous résistait, et j'ai deviné que jamais vous ne renonceriez. Vous tomberiez plutôt que de renoncer. Cette toile était peut-être la deux millième de votre œuvre immense, elle vous tenait tête, vous auriez pu envoyer tout balader, personne ne vous l'aurait reproché, personne ne l'aurait même su (à part moi, que vous n'aviez pas vue), mais non, vous étiez dans le même tourment qu'en 1901, l'année de vos trente-quatre ans, quand vous composiez

Avant le lever du soleil, l'une de vos premières œuvres, et trembliez à l'idée de ne pas devenir l'artiste que vous pressentiez. Vous étiez dans le même tourment qu'à vos débuts, aussi plein de doutes sur vous-même, mais également aussi entêté, solitaire, courageux. Je vous observais, et plus je vous regardais, plus j'étais émue. Vous étiez l'homme éternel, Sisyphe dans ce qu'il a de plus admirable : la conscience de sa vulnérabilité alliée à la volonté de se dresser pour faire malgré tout quelque chose de ce chaos.

« À midi, vous vous êtes arrêté pour déjeuner, et quand vous êtes apparu dans la cuisine, tout était prêt. Vous étiez si fatigué que vous avez commencé votre repas sans m'attendre, et je me suis dit qu'au temps d'Ada c'est ce que vous deviez faire, absorbé par votre travail et sachant combien elle vous était dévouée. D'ailleurs, quand je me suis attablée à votre droite, vous avez semblé vous souvenir et vous vous êtes excusé. "Pardonne-moi, mon petit, avez-vous marmonné, j'aurais dû t'attendre." Et vous avez posé sur la mienne votre longue main tachée de peinture. "Je ne suis pas si petite, ai-je protesté, j'ai vingt-six ans."

« Après le repas, et comme je vous apportais un cendrier pour votre pipe, vous avez cherché mon regard. "Jolanthe, avez-vous dit gravement, je dois m'habituer à vivre seul, et depuis que tu es là..."

« Pour la première fois j'ai pensé que j'étais incroyablement heureuse d'être là, près de vous, de prévenir vos désirs, de vous regarder travailler, manger, fumer, lire... Mais naturellement je n'ai rien dit. C'était si inattendu, si insolite, je n'avais pas les mots pour exprimer ce que j'étais en train de découvrir. »

« Qui a côtoyé le Ciel ne retourne pas volontiers à la lourde terre »

Je ne vais plus à Seebüll, je reste écrire dans ma maison.

J'ai rendu ma voiture et loué un vélo.

Je n'ai pas fait rétablir l'électricité comme me le suggérait avec insistance Dora Findorff, je préfère continuer de m'éclairer à la bougie et écrire avec mon vieux Waterman plutôt que sur mon ordinateur.

Pour le chauffage, j'ai découvert dans une dépendance une réserve de bois qui devrait me permettre de tenir jusqu'aux beaux jours.

J'ai promis à Dora de l'inviter à dîner – « Vous me devez bien ça, Augustin », et il est vrai que sans elle, ou plutôt sans son fils, je n'aurais pas eu cette maison –, mais je repousse sans cesse le jour de ce dîner.

En revanche, j'aimerais revoir Klaus, il me touche et m'intrigue (en dehors de la dette que je me sens à son égard), mais lui n'a pas répondu à mon invitation. En passant à Tønder, j'ai déposé à son bureau une nouvelle lettre amicale lui répétant que j'aurais beaucoup de plaisir à reparler avec lui de Conrad, entre autres, et que je l'attends n'importe quel soir. Je n'ai pas eu de réponse.

Susanne ne vient jamais avant midi pour me laisser le temps de travailler. Une fois, je lui ai dit que j'avais besoin d'écrire le matin pour être de bonne humeur le reste de la journée et elle a aussitôt pris cela pour elle, comme une sorte de consigne. J'ai eu beau lui expliquer que ça ne lui était pas destiné, qu'elle était déjà extraordinairement gentille de me traduire toutes ces lettres, que je n'allais pas en plus lui imposer mes horaires, rien n'y a fait, elle n'est plus jamais venue avant midi.

Je reconnais le grincement de ses amortisseurs sur les pavés disjoints. Elle se gare sur le côté de la maison, j'entends claquer sa portière, puis elle fait le tour par le jardin et frappe discrètement à la porte vitrée. Si elle arrive de son atelier, elle porte une grosse veste fourrée et ses ongles sont encore pleins de peinture, tandis que si elle a passé la matinée à Seebüll elle apparaît dans le manteau élégant que lui a offert son mari.

— Bonjour, Augustin, dit-elle en se défaisant.

Et généralement elle ajoute :

— J'aime bien venir chez vous. J'aime bien votre cuisine, ce moment de la journée. Vous nous faites du café et on fume une cigarette ?

Elle s'assoit d'autorité sur la chaise que j'occupais un instant plus tôt, puis elle entreprend de ranger mes papiers pour nous faire de la place tout en furetant d'un œil curieux alors qu'elle ne comprend pas le français, et j'éprouve chaque fois le même frisson de plaisir parce que sa familiarité me rappelle celle d'Esther qui profitait de mon absence pour lire ce que j'écrivais et me laissait dans les marges des petits mots que je découvrais parfois avec plusieurs jours de retard – « N'oublie pas que je t'aime », ou « Mon chéri » avec un minuscule cœur dessiné de travers.

Je sers à Susanne une tasse de café et nous fumons, elle assise à ma place, moi debout, les fesses contre la barre d'appui de la cuisinière dont la chaleur me monte dans les reins.

Ce matin-là, elle dit :

— Au fait, j'ai reçu votre livre en langue allemande, je l'avais commandé. Je l'ai lu une partie de la nuit...

— Oh, je ne sais pas...

Elle devine que je suis gêné, ne poursuit pas. Elle fume comme si c'était la première fois, en relevant le menton et en produisant énormément de fumée, m'offrant son profil.

— Vous avez un très joli profil, Susanne.

— Vous trouvez ?

— On ne vous l'a jamais dit ?

— Non, ici personne ne ferait ce genre de compliment. Les gens sont assez réservés dans ce pays... J'ai vu dans votre livre que vous écriviez très librement sur l'intimité, sur les relations amoureuses, mais ici, avec le poids de la morale, de la religion...

Elle s'interrompt.

— Par exemple, reprend-elle, j'ai eu ma fille avec un homme qui a très vite disparu de ma vie. Eh bien beaucoup de gens se sont arrangés pour ne plus me voir, pour m'éviter.

— Ah bon.

— Par la suite, quand je me suis mariée, ils sont revenus, et ils n'ont jamais fait allusion à cette période. Ils ne sont pas méchants, mais ici il y a des choses qui ne se font pas.

— Oui, je comprends. Et donc votre fille...

— Ma fille n'est pas l'enfant de mon mari, elle avait deux ans quand nous nous sommes rencontrés.

Qu'est-ce qui me fait soudain penser que le mari de Susanne est de la même veine que celui de Gwenaëlle ? Je ne sais pas, l'enfant en moi qui brusquement se réveille.

— Votre mari, dis-je, est-ce qu'il accroche partout des photos de vous ?

Elle m'observe en plissant le front, comme si quelque chose venait de lui échapper.

— Des photos de moi... pas du tout, non. Je crois qu'il n'y a pas une seule photo de moi à la maison.

On ne saura jamais ce qu'Emil Nolde a répondu à Jolanthe parce qu'avant de mourir, en 2010 à Heidelberg, celle-ci a demandé à être enterrée avec les lettres du peintre posées sur son cœur. Mais il a répondu, la jeune femme y fait écho dans sa deuxième lettre, avant de revenir à l'embrasement de son âme lorsqu'elle se trouve à Seebüll en présence du vieil homme.

« Vous me dites que je suis trop sensible et que tout cela va passer après quelques jours loin de vous, mais c'est tout le contraire que je ressens. Depuis mon retour à Flensbourg je ne pense qu'à vous, je n'ai plus de goût à rien d'autre qu'à vous. C'est comme si j'avais découvert le sens de ma vie en vous découvrant. Vous figurez parmi les êtres rares qui accèdent à la création, comme mon propre père que vous admirez tant, n'est-ce pas ? Je vous ai entendu le déclarer à maman : "Eduard est la voix du Ciel, Irène, avez-vous dit. Quand je l'écoute jouer, j'ai le sentiment que le Dieu tout-puissant me parle à travers lui, et je me sens aussitôt bien meilleur que je ne suis. » La tentation est grande de recourir à vos propres mots pour vous exprimer l'émotion qui m'étreint lorsque je suis en votre présence. Moi aussi, vous regardant peindre, je me sens aussitôt bien meilleure que je ne suis, comme si grâce à vous je m'élevais pour accéder à une conversation avec les choses les plus mystérieuses du monde. Vous savez donner de la puissance, de l'esprit à ce que nous autres nous observons stupidement : que ce soit le ciel, le vent, l'aube ou le crépuscule, ou encore la mer et les fleurs qui vous sont si chères. Sous votre œil, les éléments qui composent notre monde nous remplissent soudain de reconnaissance ou de peur, comme si votre peinture nous rapprochait de Dieu, éclairant les secrets de sa création.

« Comment pourrais-je revenir à ma vie d'avant, à mon aveuglement d'avant, après vous avoir rencontré ? Je le voudrais, ne serait-ce que pour vous obéir, que je n'y arriverais pas. Qui a côtoyé le Ciel ne retourne pas volontiers à la lourde terre. Il est trop tard, maintenant, tout me semble affreusement terne, affreusement ennuyeux au regard de ce que vous portez et me donnez malgré vous.

« Invitez-moi de nouveau, je vous en supplie, et peut-être qu'après ce séjour je serai, comme vous me l'écrivez, “revenue à la raison”. Invitez-moi une dizaine de jours, j'ai prévenu mes parents qu'il me restait certaines photos à prendre, ils ne seront pas surpris que je revienne. Pendant ces dix jours, vous mangerez une bonne cuisine, au moins, et je veillerai à ce que vous ne manquiez jamais de tabac.

« Votre respectueuse et dévouée,

Jolanthe. »

— Dites, Susanne, si un homme vous écrivait une telle lettre après vous avoir observée pendant plusieurs jours dans votre atelier, que penseriez-vous ?

Elle sourit, croise furtivement mon regard puis retourne à la lettre.

— Je lui dirais de ne pas revenir. Jolanthe veut être la servante du Seigneur, se dévouer complètement à lui... Je n'aimerais pas qu'un homme me vénère de cette façon... à genoux.

— Votre mari...

— Mon mari ne m'est pas dévoué. Je ne sais même pas ce qu'il pense de mon travail. Quand il passe à l'atelier, il regarde mes toiles mais ne dit pratiquement rien. Vous non plus, vous n'avez pas dit grand-chose.

— Ce n'est pas facile de parler de peinture, on en vient généralement à parler de soi. Comme lorsqu'on parle d'un livre, d'ailleurs, nous avons chacun nos raisons de l'aimer ou ne pas l'aimer. Le livre ou la toile cristallisent des émotions qui sommeillaient en nous et parfois il nous faut plusieurs jours pour parvenir à les formuler.

— Certains visages éveillent également en nous de telles émotions, reprend-elle après un silence.

— Oui, j'étais en train d'y penser.

J'avais été sur le point de lui dire que le sien me rappelait le visage d'Agnès, mais je m'étais tu.

« Tout bonheur est une innocence »

Je me suis réveillé au milieu de la nuit terriblement en colère contre Esther. Elle m'avait voulu de toutes ses forces, pendant des années elle m'avait voulu, et quand enfin elle m'avait eu, que j'étais tombé à genoux devant tant de grâce et de beauté, au point de me mettre à écrire tout un livre sur elle, elle avait entrepris de me démonter subtilement, prenant ses distances et me regardant m'effriter avec une jouissance qu'elle ne parvenait pas toujours à dissimuler. Quand je me réveille dans une telle colère, c'est généralement que j'ai rêvé d'Esther, que je l'ai revue s'efforçant de me rendre dingue en me disant dans la même phrase qu'elle m'aime mais va prendre un appartement pour vivre loin de moi, en me prenant longuement la main au restaurant mais en m'interdisant de la toucher, en prétendant que je suis l'homme de sa vie mais en me glissant le lendemain qu'elle regrette d'avoir eu des enfants de moi.

J'écris que je suis en colère contre Esther, et c'est bien la preuve que je suis idiot, qu'elle est parvenue à me rendre idiot car la vérité, évidemment, mais il me faut quelques minutes pour en convenir, c'est que je suis en colère contre moi, contre moi seul, de m'être fait avoir comme le dernier des crétins. Comment ai-je pu la laisser me manipuler et ne rien voir, constatant que je me perdais, que je ne dormais plus, que je tombais malade, mais continuant néanmoins de lui redire combien je l'aimais et tenais à elle ? Comment ai-je pu alors qu'aujourd'hui tout me semble transparent ? Oui, parfois je percevais sa jouissance, mais je me gardais de la nommer – elle est heureuse, pensais-je, tout va bien pour elle tandis que moi je m'effondre, ce n'est vraiment pas de chance, nous pourrions vivre des jours merveilleux et au lieu de cela je suis devenu un poids mort dans sa vie.

J'ai allumé une bougie et suis descendu me faire un café. C'est pendant qu'il passait que je suis parvenu à formuler clairement la phrase qui me trottait en tête en sortant du sommeil, et je l'ai aussitôt inscrite dans mon cahier : « Me souvenir de ne plus jamais lier mon destin à qui que ce soit. » Deux ou trois jours plus tôt, j'avais noté cette pensée de Marguerite Yourcenar qui m'avait semblé consolatrice quand je l'avais lue : « Tout bonheur est une innocence. »

À midi largement passé, j'ai constaté que Susanne n'était pas là et j'ai continué à travailler, me réjouissant confusément de ce retard car j'écrivais bien ce matin-là. Mais deux heures plus tard, son absence m'a brusquement sorti de cette espèce de rêve éveillé dans lequel me tient l'écriture. « Merde, Susanne ! Pourquoi n'est-elle pas encore là ? » me suis-je entendu bougonner, et aussitôt j'ai pensé qu'elle avait pu avoir un accident. J'ai commencé à tourner dans ma cuisine tout en mangeant un reste de riz au lait, et plus les minutes s'écoulaient, plus mon inconscience me semblait criminelle. Comment avais-je pu continuer d'écrire après avoir vu l'heure, connaissant sa ponctualité ? Il était évident que quelque chose d'imprévu, de probablement très grave lui était arrivé et je n'avais pas bougé le petit doigt. Je me suis rappelé sa voiture, une vieille Volkswagen, souvenu qu'elle m'avait dit que son mari voulait lui en offrir une neuve et qu'elle avait refusé – « Il m'a payé des pneus neufs, c'est bien suffisant », avait-elle remarqué avec ce sourire qu'elle laissait flotter – et me remémorant combien cette voiture grinçait de partout j'ai soudain pensé à la direction. Mon Dieu, la direction ! Elle avait pu lâcher et aussi bien la Volkswagen avait terminé sa course dans un de ces fossés pleins d'eau noire où j'avais failli moi-même être précipité par le vent à plusieurs reprises. Qui m'avait dit que dans ces fossés on retrouvait régulièrement des morts coincés dans leur voiture au lendemain de samedis soir bien arrosés ?

J'ai cherché ce que je pouvais faire, et pariant que Susanne avait passé la matinée chez Nolde, dans son petit bureau sous le toit, décidé de prendre la route de Seebüll en longeant le fossé – une quinzaine de kilomètres. Pédaler dans le vent m'a rasséréné, les jours allongeaient, j'avais un peu plus de deux heures devant moi pour retrouver Susanne avant la montée du crépuscule. J'avançais avec le vent par le travers, guettant d'éventuelles traces de pneus sur le bitume mais surveillant surtout la surface de l'eau.

Comme par bonheur je n'avais rien trouvé d'inquiétant, je suis entré dans le musée. J'espérais qu'on me dirait à l'accueil que Susanne était dans son bureau et j'ai senti mon cœur se vider quand les dames m'ont annoncé qu'elles ne l'avaient pas vue de la journée.

Il me restait l'espoir de la découvrir dans son atelier, à dix kilomètres de là, mais comme l'immeuble n'est pas chauffé il était assez peu vraisemblable qu'elle y soit encore. Par ailleurs, si elle avait eu un accident entre son atelier et chez moi, je risquais de ne rien en savoir car la nuit allait me surprendre avant que j'aie pu parcourir toute cette route.

Bon, mais l'atelier était évidemment la prochaine étape et je suis parti en direction d'Aventoft. Je me souvenais du petit aérodrome, mais je n'étais pas certain de retrouver la route pleine de nids-de-poule que Susanne avait empruntée à un moment – sur la gauche, dans mon souvenir.

J'avais pédalé à toute allure et j'étais hors d'haleine en arrivant à proximité de la piste sur laquelle venait de se poser un petit bimoteur rouge et blanc. J'ai reconnu la bifurcation et très vite aperçu, entre les arbres, l'immeuble couvert de graffitis. Qu'allais-je entreprendre si elle n'y était pas ? Je n'avais ni son adresse ni son téléphone, à peine son nom, notre seul point de rencontre était Seebüll – je commençais à redouter de devoir passer la nuit à m'inquiéter.

Au rez-de-chaussée du bâtiment, un homme était en train de souder, le visage protégé par un masque. J'ai marché vers lui dans l'intention de lui demander s'il avait aperçu Susanne, puis j'ai renoncé et couru vers l'escalier.

En débouchant sur le palier je l'ai vue. Elle se tenait debout devant sa toile, immobile. Dans l'atelier d'à côté la fille était sur sa machine à coudre, piquant furieusement, de sorte que Susanne ne m'avait pas entendu monter. J'ai noté qu'elle avait de nouveau de la peinture dans les cheveux et je me suis adossé au mur, je n'avais plus de souffle.

Après un moment, elle s'est remise à peindre, et comme elle m'offrait par instants son profil je me suis rendu compte qu'elle était très pâle. Alors j'ai repensé à ces mots de Jolanthe : « Vous étiez au travail, chaque parcelle de votre personne engagée dans la création de cette toile [...]. Vous tomberiez plutôt que de renoncer... »

Puis soudain, comme si elle avait pressenti une présence, elle s'est retournée.

— Augustin ! Ça fait longtemps que vous êtes là ?

— Je viens d'arriver, je vous ai cherchée partout.

— Oh, pardonnez-moi, j'ai pensé...

— S'il vous plaît, ne vous excusez pas, ça fait longtemps que je ne m'étais pas senti aussi vivant.

— Il y avait une ambiance particulière ce matin, tout le monde était là, je me suis sentie portée, j'ai bien pensé que vous alliez m'attendre mais je travaillais si bien...

— Oui, j'ai vu, je vous ai regardée.

— Mais quelle heure est-il ?

— Bientôt cinq heures, ça va, vous ne serez pas en retard pour votre fille.

— J'ai très envie d'une cigarette, vous en avez ?

Elle a posé ses pinceaux, tourné sa toile vers la lumière finissante et nous avons fumé. Elle considérait son travail, ne pouvait pas s'en détacher, et on voyait que cela la préoccupait.

— Vous auriez aimé finir ce soir, n'est-ce pas ?

— Oui, et j'allais oublier ma fille, heureusement que vous êtes arrivé. On repart ensemble ?

Elle a tout laissé en désordre, lancé trois mots à la couturière qui s'est arrêtée net et lui a souri.

— Ah oui, c'est vrai, vous êtes à vélo, a-t-elle remarqué une fois dehors. Peut-être à demain alors.

Nous avons échangé un salut et elle s'est engouffrée dans sa voiture.

Le seul endroit où elle a envie d'être

Ce qui me fait sourire, là, tout de suite, sur mon vélo, c'est d'avoir pu écrire que je ne lierais plus jamais mon destin à qui que ce soit et, dans la même journée, d'avoir passé l'après-midi à chercher Susanne, le cœur à l'envers à l'idée de la découvrir au fond d'un fossé. Est-ce que je n'avais pas, cet après-midi-là, recommencé insidieusement à lier mon destin à celui d'une femme ? Sans doute, mais ça ne prêtait pas à conséquence puisque Susanne ne m'avait rien demandé et que, par ailleurs, son destin était déjà lié à celui d'un autre, son mari.

Ce matin, je me suis mis à écrire vers quatre heures, comme cela m'arrive souvent, et vers neuf heures je suis parti lire mes mails dans un cybercafé de Tønder et donner des nouvelles à mes enfants. Ils me croient toujours à Husum, s'inquiètent de savoir si je m'amuse bien, si je me suis fait des amis, si je fais des progrès en allemand, si la maison où j'habite me plaît – à peu près ce que nous leur demandions quand ils partaient en séjour linguistique à l'étranger. Je leur décris ma nouvelle maison, leur parle des routes que je sillonne à vélo et les assure que je n'ai pas été aussi heureux depuis bien longtemps. Je sais qu'ils ont l'espoir que je vais leur épargner un énième livre (c'est d'ailleurs la seule question qu'ils ne me posent pas : savoir si je me suis remis à écrire) et donc je ne leur dis rien de mon travail, la seule chose qui m'intéresse, en vérité, et pour laquelle je suis ici.

Parmi leurs messages, j'ai découvert un mail d'Elke. Frau Ohlmann, de Nissen-Koog. Elle a « un peu honte de ce qui est arrivé », m'écrit-elle. Elle a lu dans le *Husumer Nachrichten*, le quotidien d'Husum, que je suis dans le Schleswig pour écrire un roman. Elle m'a reconnu sur la photo. Elle aimerait me revoir dans des conditions « plus normales ». Accepterais-je que nous nous retrouvions dans un restaurant pour « parler » ?

Mais parler de quoi, Elke ? Est-ce que faire l'amour toute une nuit comme nous l'avons fait en échangeant les mots les plus tendres qui soient, en se sentant le cœur plein de gratitude, ne vaut pas mieux que la plus intelligente des conversations ? Est-ce que ce n'est pas une sorte de miracle, en tout cas l'expression d'une grâce exceptionnelle que de savoir si bien s'aimer, si justement, alors qu'on ignore tout de l'autre, jusqu'à son prénom ? Que dire après cela qui ne vienne pas en éteindre le souvenir ? Et comment peut-elle avoir « un peu honte de ce qui est arrivé » ? J'ai relu son mail, envisagé de lui répondre, et puis je l'ai effacé dans un mouvement de colère.

Susanne a frappé peu après midi, et alors que je ne l'attendais pas, persuadé qu'elle repasserait la journée dans son atelier.

Elle arrivait de Seebüll, je l'ai vu à sa tenue.

— Oh, a-t-elle dit en entrant, j'ai eu peur que vous ne soyez pas là.

— Je ne pensais pas que vous viendriez. Pas aujourd'hui.

— Si. Bien sûr que si. Le seul endroit où j'ai envie d'être, aujourd'hui justement, c'est ici.

Elle a dit cela, et puis elle est restée plantée entre la cuisinière et la table, me regardant sans me voir.

— Qu'est-ce qui ne va pas, Susanne ? Donnez-moi votre manteau, asseyez-vous...

— Après la journée d'hier, je n'ai pas pu dormir. Je n'aime pas être dans cet état, complètement absorbée au point de tout oublier, y compris ma fille et mon mari... Je n'aime pas, ça me fait peur, et je me sens tellement mal ensuite... Pourtant, c'est dans ces moments-là que je travaille le mieux.

— Oui, vous étiez un peu perdue hier. Je connais cet état, on a froid jusqu'aux os, n'est-ce pas, et on ne sait pas où se mettre. C'est douloureux et déroutant parce qu'on n'a même plus envie d'être avec ceux qu'on aime. On n'a plus envie de rien, en fait, trop épuisé pour continuer à travailler et trop éloigné du quotidien pour y retourner.

— Voilà, c'est ça. Cette nuit, la seule chose qui m'apaisait c'était de penser au moment où j'allais être ici, où vous nous prépareriez du café. J'ai l'impression que vous me comprenez si bien.

— Parce que je suis vieux, ai-je dit en riant, tout en m'emparant de la cafetière.

— Oui, parce que vous êtes vieux, a-t-elle repris. J'aime bien que vous soyez vieux.

Elle a souri pour elle-même, sans me regarder, se mettant à tourner les pages de mon cahier.

— Je regrette de ne pas lire le français, j'aimerais savoir ce que vous écrivez, là, tous les jours.

Emil Nolde a cédé, il a invité Jolanthe à revenir passer dix jours à Seebüll vers la fin du mois de septembre 1947. Le peintre travaille intensément cet automne-là. Avant l'arrivée de Jolanthe, il a passé des jours, et parfois des nuits, à s'absorber silencieusement dans ses images non peintes. Elles l'ont ramené à ces années terrifiantes, tout en réveillant le souvenir d'Ada. La tristesse qui l'habite, traversée de fulgurants élans de colère contre la sombre bêtise des nazis, lui donne une « énergie désespérée », écrit-il à son ami Hans Fehr. De ces images non peintes il veut encore tirer quelques toiles qui témoigneront de son regard sur le monde durant les années de guerre. Quelques toiles avant de mourir, songe-t-il, car il sait bien son âge. Ses plus belles photos, Jolanthe les réalise durant ce second séjour. Sur l'une d'elles, on ne voit pratiquement que l'œil cristallin du peintre scrutant une aquarelle, le reste de sa tête semble être déjà en route vers le ciel, voyageant dans l'épaisse fumée qui s'élève de sa pipe. Sur une autre, il figure de dos devant son chevalet, assis sur un tabouret, son long manteau dissimulant tout son corps, de sorte qu'il se résume à ce bras puissant étalant rageusement de la peinture sur une toile encore vierge.

Une nuit, durant ce séjour, Jolanthe est venue se coucher dans le lit du peintre.

« Hier, lui écrit-elle, j'ai annoncé à mes parents que je voulais être ta femme. Papa est devenu très pâle, il a allumé une cigarette et s'est servi un verre d'eau-de-vie. Après un assez long silence, maman a remarqué : “Emil a quatre-vingts ans, Jolanthe, et tu en as vingt-six (comme si je n'étais pas au courant !). — Quelle importance, ai-je dit, puisque c'est l'homme que j'aime.”

« Toi aussi, c'est la première chose que tu m'as dite, que tu avais quatre-vingts ans. Comme si l'amour était un placement immobilier et qu'il faille, avant de l'engager, s'assurer de son bon rapport et de sa pérennité. Brandir ainsi ton âge révèle une âme de petit épargnant, Emil. Je peux l'accepter de la part de mes parents, ils sont comme ils sont, je ne les ai pas choisis, mais de toi sûrement pas. J'ai failli te le dire cette nuit-là, sentant monter la colère, mais j'ai eu raison de me taire puisque je sais, aujourd'hui, que tu t'es retranché derrière ce misérable argument pour me dissuader de “faire mon malheur”, comme a osé me le dire maman, et non par conviction sincère.

« En décidant de t'épouser, de partager chaque seconde de ta vie, c'est mon bonheur que je vais faire, je le sais. Et je t'interdis de me reparler de ton âge. Je me fiche de ton âge, je me fiche que tu n'aies plus de cheveux et marches avec une canne, mais je ne me fiche pas de ton visage émacié et ridé que j'aime plus que tout, ni de tes mains brûlées par le soleil et tachées de peinture que je veux pouvoir embrasser et caresser autant qu'il me plaira. Qu'importe la durée du temps dont nous allons disposer, ce qui compte c'est l'intensité des sentiments que nous partageons. Les quelques jours que je viens de passer avec toi valent plus à mes yeux que dix années vécues auprès d'un de ces jeunes hommes prétentieux et stupides dont maman rêvait de m'affubler. »

Susanne se demande

Elle est de nouveau assise à ma place, et moi adossé à la cuisinière en attendant que le café passe. Je la regarde tourner les pages de mon cahier, s'arrêtant de temps en temps pour lire tout haut des phrases au hasard dont elle ne comprend pas le sens, et ainsi je l'entends pour la première fois parler le français, *mon* français, avec son accent allemand et en tâchant de ne pas accrocher à chaque mot.

— Ah tiens, dit-elle, ici vous parlez de Jolanthe...

Et elle se met à lire :

— Jolanthe n'est qu'à trois ou quatre mètres de loui, elle foit cela dans zon vizeur... » C'est quoi un vizeur ? s'enquiert-elle.

— Le truc dans lequel on place l'œil pour cadrer la photo.

Elle acquiesce silencieusement et continue de tourner les pages. Elle est de très bonne humeur ce matin-là. Pourquoi ai-je tant de plaisir à la voir fureter dans mon manuscrit, son œil gauche caché par une mèche de cheveux qui se balance devant son nez ?

Soudain, je fais deux pas en avant et, tendant la main par-dessus la table, je replace sa mèche derrière son oreille. Alors elle s'empare de mon bras, lève un instant les yeux sur moi avant d'embrasser doucement l'intérieur de mon poignet. Je sens ses lèvres sur ma peau, et son souffle.

— J'adore être ici, avec vous, dit-elle en me libérant.

Puis elle se tait et m'observe avec son sourire indécis, les lèvres entrouvertes, l'air de se demander.

— Oui, dis-je, moi aussi.

— J'aime cette maison, et j'aime comme vous êtes. Vous ne faites que ce qui vous plaît, on dirait que personne ne peut jamais vous embêter.

— Personne ne m'embête plus, non.

Elle semble hésiter à poursuivre.

— Oui, dit-elle finalement, ça n'a pas toujours été comme ça, bien sûr.

Et comme je ne relève pas, elle se replonge dans mon cahier.

— L'autre soir, reprend-elle après un assez long silence, je suis passée chez vous.

— Pardon ?

— Le jour où vous êtes venu à mon atelier après m'avoir cherchée partout... vous vous souvenez ? Eh bien ce soir-là j'ai abandonné ma fille et mon mari pour venir chez vous.

— Et vous n'avez pas osé entrer ?

— J'ai frappé plusieurs fois, à cette porte-là, mais vous deviez déjà dormir.

— C'était ouvert, vous auriez pu entrer... Qu'est-ce que vous vouliez me dire ?

— Je ne sais pas... Vous m'aviez cherchée tout l'après-midi et je ne vous avais même pas remercié. J'espérais vous trouver pour vous dire que cela m'avait touchée. Mon mari est si préoccupé par lui-même, en ce moment, qu'il ne me voit plus, tandis que vous êtes tellement attentif à moi... J'espérais qu'on fumerait une cigarette ensemble et que ça serait un bon moment.

— Je regrette, j'aurais beaucoup aimé vous voir surgir comme ça, au milieu de la nuit.

Et comme je ne peux pas m'empêcher de rire, elle sourit.

— Vous nous auriez fait du café, hein ? Ou plutôt une tisane... ?

— Oui, une tisane. Mais j'aurais sans doute eu envie de vous embrasser.

— Peut-être, dit-elle en me fixant.

Puis elle se tait et je vois qu'elle respire plus vite.

— Je suis attirée par vous, reprend-elle, mais en même temps j'aime mon mari.

— Moi aussi je suis attiré par vous. Et c'est bien comme ça, non ?

— Qu'est-ce que vous voulez dire par « c'est bien comme ça » ?

— Que c'est agréable d'éprouver cette attirance et qu'on peut très bien s'en satisfaire.

— Oui, dit-elle.

Et après un moment :

— Je détesterais devoir mentir. Tandis que si nous ne faisons rien, nous pouvons continuer à nous voir.

— Vous êtes drôle, dis-je en riant de nouveau. Est-ce que penser ne revient pas au même ? Nous ne faisons rien, comme vous dites, mais si vous pensez à moi quand votre mari vous croit présente, est-ce que ce n'est pas une façon plus sournoise encore de le tromper ?

— Si, bien sûr. Sans le vouloir, je suis déjà déloyale.

— Oui.

— Alors il faudrait arrêter complètement de se voir ?

— Il faudrait que je cesse d'exister dans vos pensées, je ne sais pas si c'est possible, nous ne sommes pas maîtres de nos pensées, mais ne plus se voir pourrait être un moyen d'y arriver.

— Vous dites cela comme si vous le souhaitiez.

— Je ne le souhaite pas, non, maintenant que vous êtes là je n'aimerais pas vous perdre, mais je ne vois pas comment vous allez faire pour demeurer loyale à votre mari.

« Tu sais, Augustin, me dira bientôt Susanne, souvent je me demande si tu ne m'as pas choisie parce que tu savais que je n'étais pas libre, que jamais je ne quitterais mon mari. Comme cela, tu étais assuré de ne pas repartir dans une vie de couple, toi qui as été tellement déçu par tes deux mariages. »

Oui, moi aussi je me le demanderai. Sur le moment, il me semblera que j'aurais aimé que Susanne soit libre pour l'accueillir dans ma maison et vivre avec elle, mais avec le recul je me rendrai compte combien je crains « l'autre » désormais, l'emprise du désir de l'autre sur le mien, le poids de son dessein secret sur le mien. Je me rendrai compte combien l'entreprise d'Esther, l'entreprise de démolition d'Esther, a fait de moi un homme terriblement méfiant.

— Je n'aimerais pas non plus vous perdre, reprend-elle. Je suis étonnée de la place que vous avez prise dans ma vie, si vite, sans que rien ne soit dit. Enfin si, j'ai lu votre livre, je sais un peu d'où vous venez et j'ai aimé que vous ayez su vous rendre libre, vous débarrasser de tout ce qui menace de nous engloutir dès l'enfance. En fait, j'y pensais l'autre nuit, votre mère a eu bien raison de vous traiter d'assassin...

Et elle rit de ce mot d'« assassin ».

Revenir dans le sale de la vie

Emil Nolde et Jolanthe Erdmann se marient le 22 février 1948. Irène et Eduard Erdmann sont évidemment présents, mais ils peinent à dissimuler leur consternation. La veille de la cérémonie, ils ont refait leurs calculs : non seulement Emil pourrait être le grand-père de leur fille, mais il pourrait être le père d'Eduard puisqu'il a vingt-neuf ans de plus que lui. Comment ose-t-il, cet homme qui se prétend leur ami ?

Le peintre, cependant, ne semble éprouver aucun embarras, et cela attise sans doute la tristesse et l'amertume de ses beaux-parents. Sur les quelques photos du mariage, il regarde sereinement l'objectif, ses longues mains croisées sur le pommeau de sa canne, tandis que Jolanthe, quatre doigts posés sur l'avant-bras de son mari, paraît illuminée de l'intérieur. En plaçant côte à côte les photos des deux mariages d'Emil Nolde, que quarante-six années séparent, on mesure aussitôt le chemin parcouru par l'homme : sur la première, elle debout, lui assis, il contemple gravement Ada, les mains jointes et comme en prière, semblant tout attendre de sa jeune épouse, tandis que sur la seconde il fixe tranquillement le photographe et cette fois c'est la jeune épouse qui s'accroche, comme soucieuse de ne pas être oubliée au bord du chemin. Lorsqu'il épouse Ada, Nolde ambitionne de devenir peintre, il est encore plein de doutes sur lui-même, sombre et malheureux, tandis que lorsqu'il se lie à Jolanthe, ça y est, sa vie est accomplie, son œuvre est derrière lui. Jolanthe est une rencontre inattendue que lui offre la vie, mais aussi bien il aurait pu se passer d'elle, c'est ce qu'expriment clairement ses mains étroitement verrouillées sur le pommeau de sa canne.

Observant ces photos à la loupe, je songe que je me suis complètement trompé en me figurant que le peintre avait pu se jeter dans les bras de Jolanthe pour échapper au chagrin de la mort d'Ada. Non, le peintre est conforme au personnage qu'en a fait Siegfried Lenz dans *La Leçon d'allemand*, bien assez fort pour porter ce chagrin, cela me saute aux yeux maintenant, et c'est Jolanthe qui espère en lui.

En septembre de cette année 1948, elle le quitte une dizaine de jours pour participer à une exposition collective de photos, à Berlin, dans les sous-sols du grand hôtel Esplanade bombardé durant la guerre et dont il ne reste que les caves et le hall d'entrée.

« Oh mon amour, lui écrit-elle, comme ceux que je croise ici me semblent quelconques en comparaison de l'homme que tu es ! Je me sens toute remplie de toi, de cette force silencieuse que tu déploies chaque jour pour attraper le ciel et le vent, le déchaînement des flots derrière la digue comme la grâce éphémère des fleurs de notre jardin, et bien que je n'aie encore rien accompli par moi-même (à part ces quelques photos dont ma préférée te représente au travail), je me surprends à regarder le monde avec tes yeux. Auprès de toi, j'apprends la liberté, j'apprends à ne plus avoir peur, je mets mes pas dans les tiens et j'ai l'espoir d'apprendre à mener ma vie comme tu as mené la tienne : indifférent aux périls, aux menaces, ne comptant que sur toi-même pour construire une œuvre devant laquelle on continuera de s'émerveiller dans cent ans.

« Aujourd'hui, avec le recul du temps (une année que nous nous aimons, c'était en septembre dernier), je vois clairement que ce qui plus que tout m'a attachée à toi c'est ton indifférence à la peur, ton ignorance même de ce qu'elle peut être. Tu ne l'as jamais connue, je crois, de sorte que tu n'as jamais cessé d'avancer, considérant avec mépris ceux qui voulaient t'abattre. Pendant la guerre, du temps qu'il était ton ami (avant que je ne vienne tout gâcher en lui annonçant que je voulais t'épouser), papa disait que tu étais le seul homme véritablement courageux qu'il connaisse. Lui acceptait de jouer pour Goebbels, et même pour Hitler, afin qu'on le laisse travailler. Avant même de te connaître, je savais que les nazis t'avaient interdit de peindre et que tu continuais malgré tout, au risque d'être arrêté et de disparaître dans un camp. Mon père et ma mère parlaient de toi à voix basse avec un immense respect et, vois-tu, plus ils louaient ton courage, plus ils rapetissaient à mes yeux : papa se compromettant pour conserver les honneurs et les avantages de sa vie d'artiste, et maman le réconfortant, écoutant ses scrupules pour mieux les absoudre – j'ai été témoin de cela. Maman si "grande dame", n'est-ce pas, mais si jalouse de son confort, si veule dans la vie quotidienne.

« Et regarde comme ils ont été fidèles à eux-mêmes aussitôt connue la nouvelle de mon amour pour toi ! Ils prétendent admirer ton courage, mais quand une occasion leur est offerte de faire preuve d'un peu d'audace et de grandeur, ils se cramponnent à ce qu'ils sont, des petits-bourgeois étriqués incapables d'imaginer pour leur fille autre chose qu'un bon petit mariage, bien conforme à l'idée qu'ils se font de la vie. »

Susanne s'interrompt.

— Cette lettre est différente des autres, dit-elle, vous ne trouvez pas ? Il y avait dans les précédentes quelque chose de complètement déjanté à vouloir gagner le cœur de ce vieil homme, contre tous les obstacles qui s'accumulaient, à commencer par le refus du peintre lui-même, et cela faisait de Jolanthe une personne extravagante et touchante, tandis qu'ici elle semble ne plus trop savoir que faire de sa victoire. Ça y est, elle est la femme d'Emil Nolde. Elle lui redit combien elle l'admire, combien il est grand, qu'elle veut mettre ses pas dans les siens... Bon, et après ? Est-ce qu'il a envie d'être aussi grand que cela, lui ? Est-ce que tous les soirs, au moment de se coucher, elle va continuer de le regarder comme un dieu vivant ?

— Oui, parce que ce n'est pas facile de faire l'amour avec un dieu vivant.

Susanne est sur le point de me demander ce que j'en sais, si par hasard j'ai essayé, je le devine à un éclair d'amusement dans son regard, mais finalement elle renonce.

— Quel dommage que nous n'ayons pas la réponse de Nolde, dis-je. En vous écoutant, j'essayais de me figurer ce que j'aurais répondu à sa place. J'aurais dit à Jolanthe que je ne valais pas mieux que son père, que s'il avait joué pour Hitler, moi j'étais allé jusqu'à Vienne supplier Schirach à genoux d'exposer mes toiles, traînant avec moi ma chère Ada que la tuberculose rongeait et que ce long voyage aurait pu tuer. J'aurais envoyé à Jolanthe une photocopie de ma lettre à Walter Thomas – vous savez, celle où Nolde explique qu'il a consacré toute sa vie « aux idéaux gravés dans le national-socialisme ». Et puis aussi une photocopie de ma lettre à Goebbels – celle où Nolde revendique son appartenance au parti nazi.

— Vous auriez fait ça, vraiment ?

— Peut-être. Pour revenir dans le sale de la vie, ne pas lui laisser croire cette bêtise qu'il existerait des êtres remarquables inaccessibles à la peur, à la lâcheté, au compromis.

— Je me demande comment elle aurait réagi.

— Comment savoir ? On la connaît si peu... Je trouve émouvant le voyage à Vienne de Nolde avec Ada, en pleine guerre, ce voyage me le fait aimer plus, mais Jolanthe est très jeune, elle pourrait ne pas être sensible au désarroi du peintre et décider soudain qu'il n'est qu'un misérable salaud, comme elle le croit de son père, Eduard Erdmann, dont elle ne sait pas, semble-t-il, qu'il s'est élevé avec beaucoup de courage contre l'arrestation de ses collègues musiciens juifs. Décider que Nolde est un misérable salaud, oui, et finalement le quitter à son retour de Berlin. Ou au contraire...

Susanne ne m'avait pas laissé finir, notre conversation était partie sur autre chose et maintenant, seul dans ma maison tandis que le soir tombe, je souris en songeant à cette phrase qui m'était venue comme un aveu : « Oui, parce que ce n'est pas facile de faire l'amour avec un dieu vivant. » J'en sais quelque chose, c'était ce que j'avais tenté de faire avec Esther. Pour être certain de ne rien savoir de sa vie secrète, de ne rien entendre, j'avais fait d'elle l'incarnation de la beauté, et même de la sainteté. Mais alors les tremblements étaient apparus et, petit à petit, ils m'avaient empêché de l'approcher. Peut-être aurais-je pu continuer de l'aimer si j'avais bien voulu savoir, au contraire. Alors je me demande si Jolanthe a su, finalement, pour le voyage à Vienne, pour les lettres aux dignitaires nazis. Si, à un moment de sa vie avec le peintre, elle ne s'est pas mise à trembler, elle aussi.

Faire l'amour

La beauté de Susanne.

— Oh non, ne te rhabille pas tout de suite, s'il te plaît. Tu veux bien juste remettre tes talons hauts et marcher dans la pièce, que je puisse te regarder ?

Elle va vers la fenêtre, c'est bientôt avril, le soleil donne sur le plancher. Quand elle est en plein dans le rayon qui tombe à l'oblique sur ses petits seins, je dis :

— Attends, ne bouge pas, je vais te prendre en photo.

Je la saisis tandis qu'elle attache ses cheveux, les bras en l'air, son visage de profil au-dessus de sa silhouette dorée dans le contre-jour. On devine la pointe d'un sein sous la cavité de l'aisselle, le creux des reins, l'ombre du pubis, le galbe des fesses.

— J'adore ton profil, j'adore tout.

Elle rit. Elle veut bien que je la photographie encore. Elle prétend qu'elle ne savait pas qu'elle était jolie.

— Mon mari ne me l'a jamais dit. Ni mes parents d'ailleurs... Dans ma famille, ça aurait été déplacé de dire une chose pareille.

Son père est quelqu'un d'important au tribunal de Hambourg. Sur les cinq enfants, elle est la seule à avoir tout fait de travers – obtenir le diplôme de l'École d'administration pour finalement entrer aux Beaux-Arts, coucher avant le mariage, demander à un sculpteur de lui faire un enfant puis rencontrer son futur mari et refuser de se marier à l'église. Et maintenant le tromper, me dis-je. Maintenant le tromper.

Plus tard, nous sortons deux chaises et nous fumons une cigarette sous la marquise, devant la porte de la cuisine. Il est bientôt dix-sept heures et il fait grand jour, par moments le vent secoue violemment les aulnes puis il retombe et on entend les premiers pépiements qui annoncent le printemps.

— Je ne savais pas qu'on pouvait faire l'amour comme ça, dit-elle.

— Qu'est-ce que tu ne savais pas ?

— Comme tu prends ton temps, comme tu me regardes, pendant... Tes mains sur mon visage, tes yeux, ta douceur. Les autres hommes sont très préoccupés par leur plaisir, d'ailleurs ils ferment les yeux, ils ont besoin du corps des femmes mais ils semblent presque souffrir, tandis que toi c'est différent.

— Parce que moi je ne suis pas vraiment un homme, dis-je en riant à moitié.

— Mais si ! Seulement toi, tu me regardes... tu me fais vraiment l'amour, à moi qui suis là dans tes bras, et tu n'es pas du tout pressé.

— Souvent même je ne jouis pas. Je préfère, ça me rend chaque fois un peu triste de jouir, de ne plus avoir de désir, que tout s'arrête d'un seul coup.

— Oui, les hommes jouissent et aussitôt après ils ont envie de passer à autre chose, de s'enfermer dans leur bureau pour téléphoner, de sortir tondre le gazon, d'aller boire une bière...

— Tu sais, j'ai toujours eu du mal avec l'acte lui-même, je le trouve à la fois obscène et ridicule. Mais si je suis curieux d'un visage comme je le suis du tien, alors je n'y pense plus, je m'absorbe dans ce visage et c'est comme si l'acte prolongeait le baiser, je l'accomplis sans trop y penser. Et tu vois, je continue de me demander comment font les hommes avec les prostituées, avec un visage qui ne les intéresse pas particulièrement, pour moi ça ne marche pas, je le sais.

— Tu le sais parce que tu as essayé ?

— Oui, une fois, à dix-huit ans, avec l'argent que m'avait donné ma grand-mère pour mon anniversaire. C'est là que j'ai compris que je n'étais pas vraiment un homme, enfin pas un homme comme les autres, avec la bite toujours prête, et ça m'a beaucoup troublé.

— Ah oui ? fait-elle.

Elle sourit à sa façon, l'air de se moquer.

— Oui, parce qu'à ce moment-là de ma vie mon désir secret était de me prostituer. Je voulais devenir un objet d'amour pour les femmes, je me voyais bien passant de l'une à l'autre, tant de femmes qui me choisiraient, qui m'embrasseraient, me caresseraient, et en plus me paieraient pour tout cet amour qu'elles me donneraient. Or j'ai découvert avec cette prostituée que c'était impossible puisque je ne bandais pas spontanément devant un sexe de femme comme la plupart des hommes.

Elle acquiesce et nous nous taisons.

— Je ne sais pas comment je vais faire, reprend-elle après un moment. Penser à toi et être avec mon mari, je ne sais pas. Je l'aime, je ne doute pas de mes sentiments pour lui, et pourtant je viens de le tromper. Si je ne t'aimais pas, Augustin, je ne l'aurais pas fait. L'idée d'être déloyale, de devoir mentir... On reprend une cigarette ? Il me reste dix minutes.

Je l'allume et la lui tends.

— Pourquoi est-ce que je me sens si bien avec toi ? poursuit-elle. Dès la première fois que je t'ai vu, à Seebüll, au musée, j'ai été curieuse de te connaître. Tu avais l'air si tranquille et en même temps si intéressé par ce que tu faisais... Jusqu'à ce qu'on sache que tu étais écrivain, que tu venais pour écrire quelque chose, on se demandait bien quel homme tu pouvais être – avec les filles de l'accueil, tu sais. Ce n'est pas habituel quelqu'un qui revient tous les jours, qui prend des notes sur tout, qui scrute les photos à la loupe...

— C'est toi qui m'as abordé un matin, sur le parking, tu t'en souviens ?

— Oh oui, bien sûr. J'avais envie que tu t'intéresses à moi, que tu me regardes. C'est drôle, déjà ! Et je n'aurais même pas su dire pourquoi... C'était ta façon d'être, je crois. Que tu ne demandes jamais rien à personne, que tu sois complètement dans ton truc. Je pense que je t'enviais... Oui, et d'ailleurs je continue de t'envier. Moi je me sens toujours si déchirée, si pleine de doutes, si dépendante des autres...

— Je suis comme le vieux Nolde, Susanne, ma vie est derrière moi, j'ai cessé d'attendre de qui que ce soit. C'est cela qui te plaît secrètement, non ? Savoir qu'il arrive un moment dans la vie où on se sent enfin libre, où il n'y a plus d'enjeu, ça te rassure. Tu aimes bien que je sois vieux, tu me l'as dit l'autre jour.

— Oui, mais ce n'est pas seulement ça. Ce n'est pas parce qu'on est vieux qu'on est libéré de tout ce qui nous entrave, je pourrais te présenter mon père... Par la suite, j'ai compris en lisant ton livre ce qui m'avait attirée : c'est ton radicalisme, en fait, ce qui fait que ta mère t'a traité d'assassin. Toi, tu t'es vraiment débarrassé de tous ceux qui auraient voulu te tuer. On le pressent en te voyant, à la façon dont tu marches, dont tu habites ton corps, ça émane de toi d'une certaine façon, mais on ne peut le savoir qu'après t'avoir lu, bien sûr. Tu es un assassin, et j'ai eu intuitivement l'envie d'être ton amie. Pour que tu m'apprennes à le devenir, tu crois ?

De nouveau elle rit de ce mot d'« assassin », mais cette fois je proteste.

— Non, je ne suis pas un assassin, Susanne. Je me suis servi de mes livres pour dire des choses qui m'auraient tué si je les avais gardées secrètes. Elles ont pu tuer en retour, c'est entendu, mais je devais vivre, je devais me défendre. Nous sommes là pour vivre, c'est la seule chose à laquelle nous ne devons pas échapper. Et pour vivre, nous avons tous les droits.

— Oui, dit-elle, et je t'aime d'avoir su te défendre.

Elle voudrait savoir ce que Susanne a de plus qu'elle

— Puisque vous ne m'invitez pas, dit une voix que je ne reconnais pas immédiatement, je m'invite toute seule.

Alors je lève les yeux de mon cahier et constate que Dora Findorff se tient devant moi, entre la table et la cuisinière, à la place exacte qu'occupait Susanne un instant plus tôt. Elle n'a pas eu à frapper, la porte était ouverte sur le jardin.

— Dora. Bonjour... Vous auriez dû me prévenir de votre visite, je suis en train de travailler, là, dis-je en la fixant sans me lever.

— Et comment aurais-je pu vous prévenir ? Vous n'avez ni téléphone ni Internet.

— En m'envoyant un mot, par exemple, la poste fonctionne, je reçois des lettres de France.

— Je n'en crois pas mes oreilles... J'attends pendant des semaines que vous me fassiez signe et le jour où je me décide à venir prendre de vos nouvelles...

Elle sort de son sac une bouteille de vin qu'elle dépose assez abruptement sur la table.

— Vous pourriez au moins m'inviter à m'asseoir.

— Je ne voudrais pas être désagréable mais je ne vous ai pas invitée à entrer et malgré tout vous êtes là.

Elle en reste un instant sans voix, les sourcils froncés, laissant pendre son menton.

— Qu'est-ce qu'il y a, Augustin ? On dirait que ma seule présence... Nous étions plutôt bons amis quand vous habitiez chez moi, non ?

— Oui, bon, excusez-moi, dis-je en me levant. Asseyez-vous. Je vous sers un verre de vin ?

— Si vous en buvez un avec moi, lâche-t-elle en se détendant.

Tandis qu'elle s'installe, j'ouvre la bouteille, remplis deux verres que je dépose sous son nez et retourne à ma place.

— Tchin ! dit-elle en levant le sien. Vous n'êtes vraiment pas aimable mais ça me fait tout de même bien plaisir de vous revoir. Vous ne le savez pas, mais je pense beaucoup à vous.

— Merci.

Elle prend un air navré tout en secouant la tête.

— Je voulais vous dire que vous me manquiez, reprend-elle, que j'ai souvent regretté nos dîners, mais si vous me remerciez encore une fois je m'en vais.

Par chance, elle choisit d'en rire. Je me rappelle ces dîners en tête à tête, ma perplexité devant le visage lumineux de Dora – pourquoi n'éveille-t-elle en moi rien d'autre que de l'agacement, me demandais-je à l'époque, alors qu'objectivement elle est à la fois vivante et plutôt jolie ? Et c'est exactement la même question que je me pose à l'instant, prenant soin de dissimuler ce qui me traverse sous un sourire certainement stupide.

— J'ai besoin d'être seul pour travailler, Dora, vous pouvez le comprendre – je ne remercierai jamais assez votre fils de m'avoir procuré cette maison.

— Si je peux me permettre de vous contredire, j'ai le sentiment que vous ne trouvez pas désagréable qu'on s'occupe de vous, qu'une femme partage vos repas, par exemple, mais que vous vous l'interdisez par peur de devoir quelque chose à quelqu'un.

— Pensez-le si ça vous fait du bien.

— Vous êtes vraiment impossible ! Si je n'avais pas de l'affection pour vous je vous enverrais mon verre à la figure.

— Ne faites jamais ça, surtout, j'écris à l'encre effaçable, mon manuscrit serait foutu.

Elle m'observe gentiment, la tête penchée sur le côté, prolongeant le silence, ménageant son effet.

— J'aimerais bien savoir ce que vous ont fait les femmes, dit-elle enfin, pour que vous éprouviez le besoin de me faire payer l'addition.

— Oh, Dora, je ne vous fais rien payer du tout, je vous en prie... J'étais en train de travailler, je veux bien m'interrompre pour prendre un verre avec vous, mais parler de ma vie sentimentale, sûrement pas.

— Et vous voulez bien me répondre si je vous pose une question ? minaude-t-elle. Une seule, et après ça, promis, je m'en vais.

— Je veux bien essayer.

— Je me demandais si vous aviez quelqu'un dans votre vie. En ce moment, je veux dire.

— Si j'ai quelqu'un... Oui, j'ai quelqu'un dans ma vie.

Je vois combien la nouvelle la prend de court.

— Vraiment ? fait-elle avec un drôle de rictus, entre sourire et grimace.

— Oui, vraiment. Pourquoi est-ce que je vous mentirais ? Mais comme la vie est bien faite, c'est une femme qui aime son mari et qui ne partagera jamais ma vie, de sorte que je vais rester célibataire.

— C'est tout de même étonnant de choisir la complication quand vous pouviez...

Elle s'interrompt, secoue la tête en considérant son verre de vin.

— Quand je pouvais quoi, Dora ? Qu'est-ce que vous voulez dire ?

— Rien. Enfin si, vous savez parfaitement ce que je veux dire. J'ai l'impression que vous n'avez jamais voulu me regarder comme une femme, que vous vous l'êtes interdit dès le premier jour et je me demande bien pourquoi.

— Qu'est-ce que vous inventez là ? Bien sûr que je vous ai regardée comme une femme... Dès que je vous ai vue, j'ai pensé que vous étiez jolie, si ça peut vous rassurer. D'ailleurs, le curé semblait être du même avis, sans parler de ce cinglé, là, votre ex-amant jaloux fabricant de meubles...

— Vous parlez beaucoup de votre désir d'être seul, Augustin, mais je constate que quand une femme passe à votre portée... Alors je voudrais comprendre pourquoi avec moi...

— Pourquoi avec vous il ne s'est rien passé, c'est ça que vous voulez comprendre ?

— Oui, qu'est-ce que cette femme que vous avez rencontrée a de plus que moi ? Des hommes qui ne m'intéressent pas me courent après, et quand un homme m'intéresse, vous, en l'occurrence... Enfin, vous le savez bien, je ne vous ai pas caché que vous m'attiriez... Est-ce que si je vous l'avais caché... Qu'est-ce qui fait que cette femme vous a intéressé tandis que vous n'avez jamais eu un regard pour moi ? Je suis désolée de vous dire toutes ces choses aussi crûment, aussi trivialement, mais j'ai besoin de comprendre. Je ne suis pas très bien, là...

— Je vois, oui. Comment vous dire ? C'est irrationnel l'émotion que l'on peut éprouver pour un visage. Je suis capable d'exprimer ce qui m'a touché chez cette femme, mais même à elle j'hésiterais à le dire. C'est un secret, je n'ai pas envie de le partager. Chacun est touché différemment selon son histoire, chacun a sa petite horlogerie qui s'est construite dans l'enfance, tout cela est très subtil, très sensible, difficilement transmissible. Il me faudrait trouver les mots justes pour vous expliquer, tâtonner, revenir en arrière, effacer, recommencer... Ce que je fais quand j'écris.

Je cherche son regard. Elle semble triste et découragée.

— Je ne peux pas répondre à votre question, Dora.

— Bien sûr, dit-elle, bien sûr. C'est moi qui suis idiote, pardonnez-moi. Eh bien je vais vous laisser travailler maintenant... Merci tout de même de m'avoir laissée entrer. Au revoir, Augustin.

— Au revoir.

Après son départ, j'ai besoin de me remettre et j'arpente un moment ma cuisine en respirant profondément pour essayer de retrouver mon calme. Durant toute notre conversation j'ai cherché ce que je devais dire à Dora pour que la chose s'arrête – cette tension qui fait que j'aurais pu aussi bien l'insulter et la jeter dehors – et c'est seulement maintenant que les mots me viennent : « Dora, dis-je tout bas, comme si je lui parlais à l'oreille, arrêtez de vouloir me posséder, je sens la force dévastatrice de votre attente, de votre convoitise, je sens que si je cédais d'un pouce vous m'enfermeriez aussitôt entre les quatre murs de votre maison et qu'alors vous me suceriez le sang, vous me mangeriez la cervelle et le cœur jusqu'à ce que je ne sois plus que l'ombre de moi-même, entièrement à votre dévotion.

Aussi loin que je remonte dans mon enfance, je vois ma mère asservir mon père, et je le vois s'épuiser et s'éteindre petit à petit, jusqu'à en mourir. Esther a tenté cela sur moi le jour où j'ai cédé d'un pouce, rattrapé par la dépression à cause d'un livre qui me résistait, et j'ai mis des mois à m'en rendre compte. Je ne comprenais pas, je maigrissais, je perdais mes cheveux, je me pensais gravement malade. Je me suis vu tomber, me déliter, je me suis vu sur le point de mourir. C'est incroyable, mais je n'avais pas reconnu l'histoire de mon père. Maintenant je sais, on ne m'y reprendra plus. Dès le premier dîner chez vous, Dora, j'ai su que vous étiez de ces femmes-là. Je ne saurais pas les nommer, *vous* nommer, je ne sais pas ce que vous avez enduré pour éprouver le besoin de soumettre à votre désir l'homme que vous prétendez aimer, jusqu'à ce qu'il ne reste de lui qu'une dépouille dérisoire que vous pourrez malmener à loisir. Et quand je pense qu'à dix-huit ans je rêvais de me prostituer ! Il doit m'en rester quelque chose pour que je vous attire si fort, comme j'ai attiré Esther, n'est-ce pas ? Vous me demandez ce que Susanne a de plus que vous, je vais vous le dire : Susanne est en paix avec les hommes, elle ne leur veut aucun mal, elle n'ambitionne pas de me posséder et de m'asservir, elle aime au contraire me savoir libre et vivant pour que je continue d'être heureux et de lui faire l'amour. Longtemps, longtemps. Vous comprenez, ou il faut encore que je vous explique ? »

Puis j'allume quelques bougies et je sors m'asseoir sous la marquise. C'est une nuit sans lune, le jardin est plongé dans une profonde obscurité. Voilà, c'est dit.

L'enchantement

Elle arrive à l'heure du déjeuner pour me laisser tout le temps d'écrire. J'entends grincer les amortisseurs de sa voiture puis claquer sa portière. C'est avril, certains jours la porte sur le jardin est ouverte, mais tout de même elle frappe. Elle n'a pas envie d'entrer comme si elle était chez elle, elle ne veut pas oublier qu'elle vient chez moi, qu'elle vient ici clandestinement parce que je suis son amant. Elle veut pouvoir continuer d'éprouver l'émotion qu'elle a ressentie la première fois quand j'ai entrepris de la déshabiller, elle veut que ce soit chaque fois comme la première fois, de nouveau songer qu'elle va peut-être s'évanouir tant son désir est intense, et puis se laisser porter par le plaisir. Et donc elle attend que je vienne jusqu'au seuil pour l'accueillir. Je vois au mouvement de ses narines qu'elle n'a presque plus de souffle, comme si elle avait couru depuis Seebüll. Elle sourit à sa façon, l'air de se demander si c'est toujours bien moi, si mon regard n'a pas changé, si son apparition produit toujours sur moi le même effet – se figure-t-elle qu'un jour je pourrais lui dire qu'elle me dérange ? Lui dire de repasser plus tard ? C'est bien possible puisqu'elle continue de douter d'être aussi adorable que je le prétends –, et quand elle a pu vérifier l'enchantement dans mon regard, elle sourit plus largement, mais jamais elle ne dit quoi que ce soit, elle attend que je la prenne dans mes bras, que je couvre son visage de baisers, son front, ses paupières, son nez, sa bouche, puis que, me reculant légèrement, je relève ses cheveux comme je le fais chaque fois, les retenant vaguement au-dessus de sa tête de telle sorte que de lourdes mèches retombent aussitôt en désordre sur son front et ses tempes et que je puisse lui dire, parce que réellement je suis enchanté : « Oh, Susanne, comme tu es jolie ! Chaque jour je te trouve plus jolie ! » Alors seulement elle veut bien parler et je l'entends me dire tout bas : « Je pense à toi tout le temps, tu sais. À chaque minute je pense à toi. J'avais tellement hâte de te retrouver. »

Je la fais entrer dans la cuisine et je referme la porte sur le jardin. Pendant qu'à son tour elle m'embrasse, dressée sur la pointe des pieds, sa langue dans ma bouche, je commence à la défaire de tout ce qui l'entrave – son sac à main que je dépose à tâtons sur la table, par-dessus mes papiers, sa grosse écharpe qui suit le même chemin, puis l'élégant manteau, cadeau de son mari, que je déboutonne et laisse tomber par terre, à moins qu'elle n'arrive de son atelier et porte sa grosse parka fourrée que je laisse tomber de même. À ce moment-là, je la sens heureuse d'être légère et elle s'accroche à mon cou tandis que je la retiens par la taille. Elle s'accroche à mon cou et je sens ses doigts fouiller dans les cheveux de ma nuque, et parfois de la main droite elle a l'envie soudaine de caresser ma joue à rebrousse-poil. « J'aime bien quand tu ne te rases pas », dit-elle alors en se reculant, laissant pendre sa tête en arrière pour me regarder d'en dessous. Elle peut rester comme ça un petit moment, les lèvres entrouvertes, respirant plus calmement, attendant de voir ce que je vais décider. Est-ce que par hasard j'ai envie de faire l'amour dans la cuisine, comme la dernière fois, ou plutôt là-haut dans la chambre ? Attendant de voir. Mais je ne décide rien, on a bien le temps, j'en profite pour scruter son visage comme quand je suis à Seebüll penché sur une photo, derrière ma loupe, je veux me souvenir de chaque détail pour pouvoir l'écrire ensuite, du galbe de son front, de ses sourcils, de la douceur de ses cils, du désir et de l'attente qui voilent maintenant son regard d'une espèce de brume cotonneuse, du frémissement de ses narines, de ses dents plantées de travers parce que le père estimait que l'orthodontie était un luxe dont on pouvait parfaitement se passer et que mieux valait donner cet argent à l'Église, de la pointe de son menton à la fois fragile et entêté. Je veux me souvenir de tout, et parfois, ne la retenant plus que d'un bras, je tourne sa tête pour la considérer de profil, me souvenir qu'elle a le front haut, le nez droit, les lèvres sensuelles, une oreille bien trop petite pour retenir la masse de ses cheveux, la peau très blanche et soyeuse sous l'oreille, à l'attache du cou.

Et puis à la fin je dis : « Viens », je prends sa main et je l'entraîne à l'étage. Je la fais asseoir devant la coiffeuse, je me place derrière elle et de nouveau je relève ses cheveux, laissant retomber de lourdes mèches ici et là : « Regarde comme tu es belle, Susanne. » La lumière d'avril nimbe son visage d'un halo mouvant et doré. Elle se regarde et dit : « Oui, c'est vrai, je ne savais pas. »

Quand elle se retourne pour m'embrasser, me coller sa langue, je la soulève, elle ne pèse pas lourd, et je vais la déposer en travers du lit. Je lui enlève ses chaussures puis je viens m'accouder au-dessus de son visage. Elle ferme les yeux, elle attend que je l'embrasse. Oui, mais moi seulement avec les lèvres, et sur chaque centimètre de son visage. Avec les lèvres, je peux sentir combien elle est attentive et vivante sous le grain de sa peau. Je m'immobilise là où je peux le mieux entendre l'agitation de son cœur – sur ses paupières, sur son souffle, sur ses lèvres, et quand je viens près de son oreille je lui redis combien elle me touche, combien je l'aime.

Puis je finis de la déshabiller et avec ma langue j'embrasse son sexe. Elle dit qu'avec moi elle a envie de tout, qu'elle veut bien tout, qu'elle ne ressent curieusement aucune gêne tandis qu'avec son mari elle n'imaginerait pas, et elle se demande pourquoi. Pourquoi avec moi et pas avec lui ? Puis plus tard, bien plus tard, quand nous n'y pensons plus et que nous sommes en train de fumer une cigarette, elle dit soudain : « Si, je sais, parce que toi tu me regardes. » Je la regarde dormir après l'amour, les paupières closes, son visage rosi ici et là d'avoir été trop embrassé, et je ne peux pas me retenir de sourire. Je songe qu'un jour il faudra que je lui dise combien elle me rappelle Agnès. Elle a cette confiance aveugle en moi qu'avait Agnès.

Sur le point de me haïr

Elle dit que c'est trop risqué de se promener ensemble à Tønder, ou même dans les environs proches, car nous pourrions tomber sur son mari ou sur des gens qui la connaissent.

C'est moi qui ai proposé qu'on sorte parce que je voudrais la voir assise à une terrasse de café. Elle est confuse de me refuser ce plaisir et, du coup, elle s'embrouille un peu, elle propose que nous allions à Flensbourg, dans un café de Flensbourg, sur le port, avant de se rendre compte qu'elle n'a plus le temps, Flensbourg est bien trop loin, elle ne sera pas à six heures chez elle pour sa fille si nous y allons.

« Tønder n'est pas une grande ville, tu sais, nous pourrions tomber sur mon mari. » Elle l'a dit de façon assez détachée, et puis soudain elle a pâli, comme si elle prenait seulement conscience du désastre que ce serait. Puis elle a parlé de Flensbourg, s'est un peu perdue, et maintenant elle se tait, debout, les fesses sur la barre de la cuisinière, les bras le long du corps, méditative.

Je n'ai aucun mal à me figurer la scène parce que j'ai été cet homme-là, le mari tombant au croisement de deux rues sur sa femme au bras d'un autre. C'était Agnès, justement. Elle s'était figée tandis que lui avait continué de parler et de rire durant quelques secondes avant de comprendre. Je savais qu'elle avait un homme dans sa vie puisqu'elle me l'avait dit, mais les voir ensemble, n'est-ce pas ? Mais le voir lui, barbu, avec les cheveux longs, de grosses narines, une espèce de vieux baba, sa main aux ongles jaunis sur sa taille à elle, et se souvenir qu'elle riait l'instant d'avant. Se souvenir qu'elle riait, et dans la même seconde prendre la foudre, être dans la certitude que mon cœur va lâcher, que le sol va se dérober, que je vais tomber mort – oh mon Dieu, faites que ça n'existe pas –, et tout en suppliant le bon Dieu éprouver la conscience aiguë qu'ils sont encore là tous les deux, devant moi, bien présents, lui avec ce gros nez et ces ongles jaunis, elle avec ce regard vert halluciné, l'air de ne pas comprendre comment une telle chose a pu se produire, et moi avec la conscience aiguë que rien ne va venir interrompre cette rencontre, rien ni personne à notre secours, même pas la mort qui me semblerait si douce.

« Augustin », était-elle parvenue à articuler. Puis plus bas : « Mais qu'est-ce que tu fais là ? — Je..., avais-je commencé. » L'imbécile en moi s'était apprêté à se justifier, à lui expliquer que j'avais dû m'arrêter d'écrire parce que le ruban de ma machine n'avait plus d'encre et que j'allais donc de ce pas à la papeterie en acheter un neuf, quand l'autre en moi, l'irascible, avait pris le pas sur l'imbécile : « Merde, Agnès, c'est notre quartier ici ! La maison est à dix minutes... Foutez le camp, merde ! » Mais ils n'avaient pas bougé et c'était moi qui avais rebroussé chemin. Cent mètres plus loin je m'étais engouffré sous un porche avant de me laisser tomber dans le coin d'une cour pavée. Je m'étais adossé au mur, j'étais resté là un moment à reprendre mon souffle.

— Je ne veux pas que tu doutes de mon amour, Augustin, dit-elle. Si je ne t'aimais pas, jamais je n'aurais voulu faire l'amour avec toi. C'est moi, je sais que c'est d'abord moi qui ai voulu.

— Je ne doute pas.

— Mais j'ai peur que tu ne puisses pas comprendre qu'attirée par toi comme je le suis, je puisse continuer d'aimer mon mari.

— Quand je pense à lui, Susanne, c'est aussitôt moi que je vois en mari trompé. Il n'y a pas de mots pour dire cette douleur.

— Pourquoi parles-tu de douleur ? Niklas ne souffre pas puisqu'il ne sait pas.

— Il sait. Une partie de lui sait, et cette partie-là a déjà commencé à trembler.

— Augustin, si je pensais un seul instant qu'il sait, j'arrêterais tout de suite.

— Et je ne ferais rien pour te retenir.

Elle se tait. Elle m'observe depuis sa place, toujours contre la cuisinière, les bras le long du corps, les deux mains sur la barre d'appui maintenant.

— Tu ne ferais rien, j'en suis certaine. Un jour je frapperais à ta porte et tu ne serais plus là.

— Oui, voilà, un jour je ne serais plus là.

— Juste de l'imaginer...

Je vois que ses yeux se remplissent de larmes, c'est la première fois. Puis elle reste un moment silencieuse.

— Je me sens complètement déchirée, reprend-elle, déloyale à son égard et si peu généreuse au tien. Mais je ne veux pas renoncer à toi, je ne veux pas te perdre. Là, tout de suite, ça me semble impossible.

— Moi non plus, je ne veux pas renoncer à toi. Note que personne ne me le demande, c'est plus facile pour moi.

Et alors je souris dans sa direction, sans cesser d'aller et venir de l'autre côté de la grande table, espérant vaguement qu'elle aussi va sourire.

— Augustin, j'aime tellement ta façon de m'aimer... Tu sais, je ne devrais pas te le dire, mais depuis que je te connais je me sens plus heureuse avec mon mari. Je l'aime plus sereinement, plus tendrement. C'est un peu effrayant, non ?

— Agnès m'avait expliqué quelque chose de semblable, au début, mais par la suite elle n'avait plus voulu que je la touche. C'était venu petit à petit, comme si je m'étais mis à la dégoûter, mes mains, mon sexe.

— Mais moi non !... s'écrie-t-elle. Pardon, je suis si maladroite. Est-ce que c'est une chose qui te fait souffrir ?

— Que tu aimes ton mari ? Que tu fasses l'amour avec lui ?

— Oui. Est-ce que c'est une chose qui te fait souffrir ?

— Je n'y pense pas. Quand j'imaginais Agnès ou Esther en train de faire l'amour avec un autre, je souffrais comme un damné, tout en me méprisant. J'ai appris depuis, je me suis dit que j'avais le droit de souffrir de ne plus être aimé, mais sûrement pas qu'elles se donnent à d'autres hommes. Ça, c'est leur liberté, ça ne me regarde pas, ça *ne peut pas* me regarder. C'est la même chose avec toi, Susanne. La souffrance est toujours là, bien sûr, je peux la sentir rôder, mais je m'applique à ce qu'elle ne m'atteigne pas parce que c'est une souffrance assez pitoyable, non ? Souffrir que le corps de l'autre nous échappe...

Niklas. Il s'appelle donc Niklas, ai-je songé après le départ de Susanne. Cet homme auquel je m'efforce de ne jamais penser, j'aurais préféré ne rien savoir de lui, surtout pas son prénom. S'il y a une personne sur la Terre devant laquelle j'aurais honte de comparaître, c'est lui. Oui, me dis-je, mais je partage avec Susanne la responsabilité de tromper sa confiance, et cela allège le poids de ma honte. Je suis dans le rôle de ce Markus, l'amant d'Agnès, que j'ai tant haï, et je me découvre sur le point de me haïr. Markus et Agnès parlaient de moi, je le sais – comme Susanne et moi parlons de Niklas –, ce qui permettait à ce salaud de faire le seigneur. « Markus est formidable, me rapportait stupidement Agnès, il est prêt à se retirer sur un seul mot de moi, il ne veut en aucun cas nous foutre en l'air. » En somme, mon destin dépendait de ce type, et d'un seul mot d'Agnès – mon destin était entre les mains de ces deux-là. À la déloyauté, ils ajoutaient l'humiliation. Mais comme je me noyais, il m'avait fallu quelques mois pour en prendre conscience. « Je tiens énormément à toi, Augustin, m'assurait Agnès en me passant distraitement la main dans les cheveux au retour de ses après-midi à l'hôtel avec Markus. Je ne veux pas te perdre. » Lui demandait-elle, comme venait de le faire Susanne, s'il souffrait à la pensée qu'elle faisait encore l'amour avec moi de temps en temps ? Et que répondait-il ? Qu'osait-il répondre ? Elle escomptait encore pouvoir ne perdre ni l'un ni l'autre. L'arrivée de Markus dans sa vie avait réveillé sa sensualité, elle s'était sentie soudain suffisamment heureuse et vivante pour donner du plaisir aux deux et en recevoir de même. Elle avait retrouvé du plaisir à vivre auprès de moi grâce à Markus – comme Susanne a retrouvé du plaisir à vivre auprès de Niklas grâce à moi –, mais ça n'avait pas duré. Un jour, elle avait eu les mots justes pour dire le gouffre qui séparait désormais les deux hommes de sa vie : « Avec lui j'aime tout, je veux tout, je me sens complètement libre, tandis qu'avec toi, Augustin, c'est comme s'il y avait quelque chose d'incestueux. On se connaît depuis si longtemps, n'est-ce pas ? » À quelques nuances près les mots qu'avait employés Susanne quand elle m'avait dit qu'avec moi elle ne ressentait curieusement aucune gêne, tandis qu'avec son mari elle n'imaginerait pas.

Je ne veux plus que Susanne me parle de Niklas, ai-je songé. Je ne veux pas ajouter l'humiliation au mal que je fais à cet homme sans le vouloir.

Coline me tient à l'œil

Un matin du mois de mai, tandis que je sors dans le jardin pour saluer le facteur, je vois que les bourgeons ont éclos : les aulnes, si noirs encore la veille, se sont soudain mouchetés de vert sous le grand soleil du printemps. Trois ou quatre jours qu'il fait beau, que le vent d'ouest a cessé de souffler, laissant en panne de lourds nuages que l'on devine là-bas, au-dessus de la mer, tandis qu'ici, dans les terres, le ciel est miraculeusement dégagé.

Je veux montrer les premières pousses au facteur, mais il ne m'écoute pas, lui me désigne l'herbe qui nous arrive maintenant à mi-mollet et, avec ses doigts, il fait le mouvement des ciseaux tout en riant.

Il ne connaît que quelques mots d'anglais, moi quelques mots d'allemand désormais, et cela nous suffit pour entretenir une conversation d'environ cinq minutes chaque fois qu'il a du courrier à me remettre. Il me conseille de ne pas me réjouir trop vite, se souvient que certaines années ils ont eu de la neige au début de juin.

C'est une lettre de Coline, la plus jeune de mes filles, elle s'est rappelé le dernier après-midi que nous avions passé ensemble à bavarder, en octobre, au bord de la Seine, elle est allée acheter le livre de Lenz, *La Leçon d'allemand*, elle l'a lu, et soudain elle a compris ce que j'avais cherché à lui expliquer ce jour-là. « Je t'écoutais, papa, mais ça ne produisait aucun écho en moi. Tu me parlais d'un village que tu avais découvert dans ce livre, un village où avait vécu un peintre pendant la guerre. Tu voulais absolument retrouver ce village et t'y installer pour écrire la suite de ce livre. Tu semblais très content de ton idée, et moi ça me suffisait de te voir content. Et puis j'ai fait un rêve que je pourrai t'envoyer, si tu veux, parce que je l'ai retranscrit dans mon carnet. Tu pédalais sur ton vélo jaune, mais tu te perdais, et il faisait de plus en plus froid. Avec maman, on te voyait depuis la fenêtre de la maison, en haut, tu sais, la pluie arrivait sur toi alors que tu avais juste un tee-shirt. "Il faut l'empêcher de continuer", je disais, mais maman ne bougeait pas, elle avait comme un masque sur le visage, c'était elle mais ce n'était pas vraiment elle non plus. Je partais derrière toi sur un Vélib, comme quand on se promène tous les deux, je voulais te ramener à la maison, mais je m'apercevais que le Vélib était en fait le tricycle de quand j'étais petite, le rouge, tu te souviens ? Et je n'avançais pas du tout, et je me mettais à pleurer parce que je voyais que la pluie faisait maintenant comme des vagues énormes dans les roues de ton vélo. La pluie devenait la mer et tu allais te noyer. Je t'appelais et je pleurais, mais tu ne te retournais pas. Alors je voyais surgir Fatima avec notre vieille poussette-canne, ma Fatou, elle me mettait dans la poussette, j'étais redevenue un bébé et elle me disait : "N'aie pas peur, Colinette, il y a du bois dans ton papa." Je me suis réveillée en me répétant sa phrase : "Il y a du bois dans ton papa, il y a du bois dans ton papa", sans comprendre ce que ça veut dire. Est-ce que ça veut dire que tu flottes, mon papou, que tu ne peux pas te noyer ? J'ai relu les mails où tu m'écris que tu roules le long de la mer et que parfois la mer recouvre la route, ou que le vent est si violent que tu dois faire attention de ne pas tomber dans les fossés remplis d'eau, et cette fois j'ai eu envie de comprendre pourquoi tu étais parti là-bas. Maintenant que j'ai lu le livre, je comprends, moi aussi j'aimerais habiter Rugbüll. Le peintre me fait penser à toi, il est bourru mais il n'est pas méchant, et il n'aime que peindre, comme toi tu n'aimes qu'écrire. J'aime beaucoup la relation entre Siggi et son père, le policier, et comment Siggi en arrive à protéger le peintre contre son père. Même s'il est un peu idiot, le policier reste touchant dans son obstination à bien faire son travail. Tous les personnages du livre ont quelque chose d'incroyablement attachant, à part les gars de la Gestapo, bien sûr. Le livre fini, j'ai eu très envie de te parler et je t'aurais appelé si tu avais eu encore ton téléphone. J'ai pensé que tu ne m'avais même pas dit si tu avais retrouvé le village. Est-ce que la maison si belle où tu habites est à Rugbüll ? Est-ce que de ta fenêtre tu peux voir la maison du peintre aux quatre cents fenêtres ? Et celle du policier ? Et le moulin sans ailes de Siggi ? Je devine que tu as retrouvé des gens qui ont connu ceux du livre et je t'imagine prenant ton café à l'auberge du Point de vue, près du phare.

« Maintenant, je comprends tout, papa, et j'aimerais que tu me racontes. Moi aussi, si j'avais été écrivain, je crois que j'aurais eu envie d'aller vivre à Rugbüll. »

Jamais Coline ne me laissera m'enfuir, c'est ce à quoi je songe en souriant, assis sur une chaise sous mon auvent de gros verre dans l'air immobile et tiède de ce matin-là. Toute petite déjà, je la voyais rappliquer avec sa pelle et son râteau si je jardinais, et quand je m'installais pour lire sur l'herbe à l'heure de la sieste je la découvrais cinq minutes plus tard assise dans son petit fauteuil qu'elle avait discrètement poussé contre le mien, en train de se gratter une fesse ou de téter son doudou. Bientôt six mois que je n'ai pas vu mes enfants, il serait exagéré de prétendre que je commençais à les oublier, mais malgré tout c'était en bonne voie, j'étais en train de retrouver un peu de ma légèreté d'avant, d'avant les femmes, d'avant les enfants, de leur échapper en quelque sorte, et c'est évidemment Coline qui trouve le moyen de me rattraper.

Aussi loin que je remonte dans notre histoire commune, je constate que Coline me tient à l'œil. Huit jours après sa naissance, flairant déjà en moi le mauvais père, elle s'était arrangée pour déclarer une maladie mystérieuse qui nous avait tous ramenés à l'hôpital. Esther avait passé ses journées en larmes à observer sa petite fille brûlante de fièvre derrière une glace, et c'est quand à mon tour j'avais été pris de sanglots en songeant que nous allions la perdre que Coline s'était sentie mieux d'un seul coup. Dès le lendemain, elle avait recouvré la santé et nous avions pu rentrer à la maison. Quelques mois plus tard, comme je ne sortais plus guère de mon bureau, elle avait eu l'idée de manger de la mort-aux-rats pour renouer les liens – ces petits grains rouges que j'avais disposés dans les coins parce que nous avions des souris. De nouveau, nous étions partis de conserve pour l'hôpital (et le mot « conserve » n'est pas exagéré quand je me rappelle avec quelle force je la serrais dans mes bras), et de nouveau elle avait eu la satisfaction de me voir trembler.

Avec les années, les choses se sont inversées : après avoir voulu à tout prix que je tremble pour elle, Coline s'est mise à trembler pour moi, de sorte qu'elle n'a jamais cessé de me tenir à l'œil. Tandis que mes autres enfants grandissent et s'éloignent, elle passe une partie de son temps à rebrousser chemin pour débusquer ici ou là les ressorts d'un vieux souvenir qui lui est revenu tandis qu'elle écrivait dans son carnet ou marchait dans la rue. Quand je lis ses lettres, ou que je l'écoute, j'ai l'impression de me revoir à son âge, traversé de trop de réminiscences, balançant sans cesse entre nostalgie et colère, à la fois curieux et tourmenté, soucieux de ne rien oublier, de tout comprendre, de tout écrire, et poursuivant mon père pour qu'il me réponde.

Comment lui expliquer que je n'ai pas retrouvé Rugbüll, que Rugbüll n'existe que dans le livre de Lenz, mais que je ne suis pas déçu pour autant ? Elle est demeurée fixée sur mon enthousiasme du départ et il me faudrait maintenant tout un livre pour lui faire partager ce qui m'est arrivé depuis mon premier jour à Husum, qu'elle comprenne comment j'ai pu m'éloigner de mon projet initial, jusqu'à l'oublier, et me laisser porter par ce qui se présentait. Pendant des années nous avons marché *de conserve*, à peine conscients de tant partager – se peut-il qu'après six mois seulement loin l'un de l'autre il faille tout un livre pour rattraper ce que nous avons raté ? L'un d'elle, son carnet peut-être, l'autre de moi, ce livre-ci par exemple.

Eh bien oui, tout un livre. C'est dire à quelle allure la vie nous file entre les doigts.

« Vous aimez donc la photo ? »

J'étais en train de choisir un nouvel objectif pour mon appareil photo, un vieux Pentax à pellicule argentique, quand Klaus est entré dans la boutiquc.

— Augustin.

— Klaus.

— Je vous ai reconnu à travers la vitrine. Vous achetez un appareil ?

— Non, juste ceci, un cent cinq millimètres... Vous avez le temps de prendre un verre ?

— Rapidement alors.

Comme nous marchons dans la rue commerçante de Tønder, il s'excuse de ne pas avoir répondu à mon invitation.

— Ma mère m'a dit que vous étiez bien dans la maison.

— Si elle était à vendre je l'achèterais tout de suite.

— Vraiment ?

Il sourit distraitement, les mains dans les poches du pantalon de son costume. Il pense que je plaisante, à moins qu'il ne m'écoute pas et soit déjà retourné à ses soucis.

Mais arrivé dans le salon de thé, il semble soudain se détendre.

— Vous aimez donc la photo ?

— Oui, pour tout ce qu'elle révèle, ou plutôt trahit. Pas vous ?

— Pardon, je parlais de prendre des photos, me corrige-t-il en désignant le cent cinq millimètres.

— Les prendre ou les étudier plus tard à la loupe, c'est pareil, ça procède de la même curiosité. Je me demande chaque fois ce que la photo va me révéler que je n'avais pas vu sur le moment, ou que le photographe n'avait pas vu si la photo n'est pas de moi. Ce qui est entré dans le cadre en dépit de nous et nous raconte une chose qui nous avait échappé.

— Je ne suis pas sûr de bien comprendre.

— Mes parents se sont mariés au printemps 1944, à Bordeaux, une année avant la fin de la guerre. Un grand mariage avec des petits-fours, malgré les restrictions. Je ne savais pas, j'ai découvert les petits-fours grâce à ma loupe sur les quelques photos que j'ai pu récupérer.

— Ah, je vois...

— Et parmi la foule qui se pressait sur le parvis de l'église, j'ai repéré le visage d'une femme qui a eu des ennuis après la guerre. Elle travaillait chez Peugeot, dans le même bureau que mon père, et les hasards de la vie ont fait que je l'ai rencontrée il y a quelques mois à l'occasion de la sortie de mon dernier livre. Mon nom, mon visage – je ressemble beaucoup à mon père : c'est elle qui m'a retrouvé. Je lui ai montré la photo sur le parvis et elle s'est immédiatement reconnue. Elle avait été amoureuse de mon père avant qu'il ne rencontre ma mère, m'a-t-elle raconté, et elle avait espéré que mon père se déclarerait... Je l'ai invitée à dîner et nous n'étions pas attablés depuis cinq minutes qu'elle me disait déjà tout le mal qu'elle pensait des Juifs. C'était étonnant parce qu'elle parlait très librement, avec les mots de ce temps-là, comme si son grand âge l'avait désinhibée, et j'ai songé qu'à vingt-cinq ans, sous l'Occupation, elle et mon père devaient parler de cette façon-là.

— Pourquoi ? Votre père n'aimait pas non plus les Juifs ?

— Il pensait, comme Maurras, que les Juifs étaient responsables de tous les malheurs de la France, et des siens en particulier, mais s'il sentait qu'on n'était pas d'accord avec lui il se rétractait aussitôt et disait ne rien avoir contre les Juifs. C'est pourquoi cette femme m'a intéressé en me restituant les mots d'avant ma naissance. *Ses* mots, sans doute.

— Je comprends... Mon père est juif, vous savez ?

— Oui, Dora me l'a dit.

— Bon, je dois retourner travailler maintenant. Si votre invitation tient toujours, je passerai un de ces soirs.

— Avec plaisir. Au revoir, Klaus.

Bien sûr que je me souvenais que son père était juif – est-ce que je lui aurais raconté cette histoire, sinon ? Toujours mon souci de me démarquer de l'enfant que j'ai été, du petit qui tremblait devant un arabe et craignait plus que tout la « malignité du Juif ». « Le Juif a ça dans le sang, disait notre père en frottant ses doigts comme pour compter ses billets, mais sinon il peut être charmant, comme vous et moi. » L'Arabe, c'était différent, il avait en lui cette terrible fourberie qui le poussait à trahir et à venir égorger son plus fidèle ami à la nuit tombée – nous n'avions qu'à relire la vie de Charles de Foucauld, le dernier chapitre consacré à son assassinat si nous voulions tout comprendre de la rouerie de l'Arabe. « Mon Dieu, ces horribles bicots ! » soupirait notre mère.

Tandis que je pédale vers Møgeltønder, je souris des gages que je cherche à donner depuis tant d'années – qu'on n'aille pas me confondre avec mes parents, n'est-ce pas ? Mais dans le même temps je souris jaune car l'enfant est toujours là en moi et si je n'y prends pas garde il m'arrive de me mettre soudain à trembler dans les rues d'Alger, ou encore de m'entendre dire tout bas que le type qui parle à la télévision est juif – je le devine à son nom qui apparaît sur l'écran. Si c'est un nom breton, ou alsacien, ou corse, ça ne me fait pas le même effet. C'est dire combien l'enfant continue de vivre en moi avec toutes les âneries qu'on lui a fourrées dans le crâne et ma plus grande frayeur, voyez-vous, c'est que devenu vieux je me remette à parler comme lui, ne m'entendant plus, ne me contrôlant plus, disant tout haut ce que je croyais si fortement à sept ou huit ans en découvrant le monde. J'ai bien compris que nous n'échappons pas à l'enfant, que nul n'est assez fort pour tuer l'enfant en soi, même pas moi, et qu'« il ne m'a servi à rien de vieillir », comme l'écrit si justement Rilke songeant aux démons de sa propre enfance.

Si je n'avais pas engagé la conversation sur les petits-fours au mariage de mes parents, me dis-je, pédalant toujours contre le vent vers Møgeltønder, les petits-fours et l'antisémitisme viscéral de mes parents (au point qu'ils n'ont jamais évoqué devant nous, leurs enfants, l'extermination des Juifs pendant la guerre et que je n'ai découvert la tragédie qu'à l'âge de seize ans, ah mais tiens, voilà que j'entends soudain combien les mots, « petits-fours » et « extermination des Juifs », peuvent s'emparer de mon récit et, en s'associant librement, dire une chose monstrueuse à laquelle je n'avais pas songé : ils s'empiffraient donc de petits-fours sous l'Occupation pendant qu'à Auschwitz, dans de grands fours... oui, bon, par pitié, passons, passons), si je n'avais pas engagé la conversation sur les petits-fours et l'antisémitisme de mes parents, disais-je, eh bien j'aurais révélé à Klaus que j'ai acheté le cent cinq millimètres pour photographier Susanne. Je n'aurais pas nommé Susanne, naturellement, car Tønder est une petite ville et il se pourrait bien que Klaus et Susanne se connaissent, ou que Klaus connaisse le mari de Susanne, mais j'aurais dit à Klaus que j'aime une femme mariée et que je veux la prendre en photo avant que la vie ne nous sépare. Car je pressens que la vie va nous séparer, qu'un danger nous menace, que nous n'allons pas pouvoir continuer à nous aimer. Ça aurait été une façon de prolonger notre discussion sur le roman de Conrad, *Une victoire*, que nous vénérons l'un et l'autre. Ce livre méconnu, un miracle que nous le partagions ! J'aurais aimé raconter à Klaus qu'enfermé dans ma maison avec Susanne, cette maison qu'il m'a procurée (un autre miracle !), j'ai le sentiment vertigineux d'être comme Axel Heyst après qu'il a subtilisé Lena à ses ravisseurs, conscient que le temps nous est compté, que la fin peut survenir d'un moment à l'autre – pour peu que quelqu'un nous voie, me dis-je, et rapporte la chose à son mari, ou que sais-je encore.

« Ce qui fait la force de l'amour entre Lena et Heyst, aurais-je voulu dire à Klaus (et m'entendant le dire tout haut sur mon vélo), c'est la menace constante, n'est-ce pas ? La conscience que la mort peut survenir d'un jour à l'autre, que chaque minute est infiniment précieuse. Je les revois sans cesse dans cette maison d'où ils peuvent surveiller les mouvements suspects sur la mer, aurais-je poursuivi. Il n'y a personne d'autre qu'eux sur l'île, les trafiquants qui recherchent Lena arriveront donc forcément par la mer. De temps en temps, Lena va s'allonger dans la chambre de Heyst, puis elle revient dans la véranda d'où ils scrutent l'horizon. Heyst met une couverture sur les jambes de Lena, il lui prend parfois la main mais ils n'échangent que peu de mots. La maison est construite sur une éminence, ils peuvent voir très loin, et Axel Heyst a des jumelles. Il ne se sépare jamais de son revolver et, la nuit, il se lève à plusieurs reprises pour s'assurer qu'aucune lumière n'approche de la côte. Vous voyez, Klaus, je me souviens de tout, et de la même façon qu'Axel Heyst garde Lena, je garde Susanne. »

Printemps dans la chambre

Quatre années seulement séparent ces deux photos, et cependant le regard du peintre n'est plus le même. Sur celle de son mariage avec Jolanthe, le 22 février 1948, il vient de sauver son œuvre, de vaincre l'insondable bêtise des nazis, il n'a besoin de personne, même pas de Jolanthe qui semble craindre qu'il l'oublie en chemin, tandis que sur celle que m'a donnée Martin Wiesmann à Flensbourg, datée de 1952, Nolde est en proie à la colère noire d'un homme devenu impuissant. Il s'est cassé le bras quelques mois plus tôt et il éprouve désormais jusqu'au fond de l'épaule une douleur sourde, « infernale », écrit-il à son ami Fehr, qui le prive de sa mobilité. Il ne peint plus, soulever son bras lui est devenu impossible et le regard qu'il adresse à Jolanthe (car je ne doute pas que la photo soit d'elle) est celui d'un homme cruellement lucide. À présent j'aimerais mourir, lui dit-il silencieusement, mais toi tu ne vois rien, toi tu continues de me photographier comme si j'étais un dieu vivant. Si tu savais comme ton adoration et ta sollicitude me pèsent, Jolanthe ! Je dois faire sans arrêt semblant – semblant de croire qu'un jour je peindrai de nouveau, semblant d'être heureux des fleurs du jardin, semblant de t'aimer, semblant d'avoir faim, et même semblant de dormir... Si seulement tu n'étais pas là avec tes caresses et ton ravissement permanent, en huit jours ce serait fini – je me laisserais mourir. Comment peux-tu croire que j'éprouve à vivre un quelconque appétit, un quelconque désir, alors que je ne peins plus ?

Je me rappelle combien Esther m'agaçait, au début de notre vie commune, à guetter l'instant où j'allais me remettre à écrire, au point même, je le pressentais, d'écouter derrière ma porte en espérant reconnaître le crépitement de ma vieille Olivetti à ruban. Au contraire de Nolde je ne m'étais rien cassé, j'aurais pu écrire, mais le départ d'Agnès m'avait asséché. J'étais devenu un homme impuissant – impuissant à écrire, et donc à désirer quoi que ce soit d'autre, en particulier Esther que je ne touchais plus. J'avais hâte qu'elle parte travailler le matin pour sortir à mon tour. Je passais mes journées à marcher sous la pluie d'automne, dans ces rues sombres et tortueuses du quartier Gambetta où nous avions trouvé à nous loger, songeant que j'allais mourir d'une maladie soudaine, et m'en réjouissant, bien entendu, tout en notant par moments une phrase dans mon carnet qui aurait pu être la première du livre à venir. Alors, durant cinq ou dix minutes, je ne voulais plus mourir, toute ma vie tenait à cette phrase...

— Tu es là ? Tu es revenu finalement ?

Le sourire ravi de Susanne et cette façon qu'elle a de m'effleurer discrètement la main quand nous nous croisons au musée, comme si on pouvait nous voir, alors qu'il n'y a personne d'autre que nous dans la salle.

— Cette nuit je ne dormais pas, j'ai repensé aux dernières années de Nolde, quand il n'a plus pu peindre à cause de son bras, tu te souviens ?

— Oui, bien sûr.

— Je me demande comment il a tenu quatre années comme ça avant de mourir. Quatre années sans peindre sous le regard de Jolanthe. J'espérais découvrir ici d'autres photos de lui faites par elle, des photos qui me diraient son désarroi, son impuissance, j'ai même apporté mon vieux Pentax pour les photographier, mais je n'ai rien trouvé.

— Pourquoi parles-tu d'« impuissance » ?

— Parce que je sais. Est-ce que tu as du désir, toi, quand tu n'arrives plus à peindre ?

— Du désir sexuel, tu veux dire ? Oui, enfin je crois... Je n'ai jamais fait le rapprochement entre les deux choses : peindre et faire l'amour.

— Moi si. Si je n'écrivais pas en ce moment, je ne te désirerais pas, et même j'éviterais de te rencontrer. Quand je n'écris pas, il me semble que la vie continue sans moi, que je la regarde passer sur le fleuve depuis la berge. Il n'y a qu'en écrivant que je parviens à l'attraper, que je la fais exister... alors aussitôt surgit le désir. De manger, de faire l'amour. Je ne sais pas comment font les gens qui n'écrivent pas.

— Tu n'as pas toujours écrit, et pourtant tu vivais, non ? Rappelle-toi le temps où tu n'écrivais pas...

— Je m'en souviens très bien, c'est une assez courte période entre la fin de l'adolescence et la maturité, je pensais que vivre n'avait aucun sens. C'est d'ailleurs durant ces années que j'ai découvert la moto et accumulé les accidents – j'ai dû passer près d'un tiers de mon temps à l'hôpital. Et puis j'ai lu Hamsun et quelques autres, et c'est comme si la lumière m'était apparue. J'étais dans la nuit, et en quelques mois j'ai su. Je me suis débarrassé de mes motos et me suis mis à écrire. Je me souviens parfaitement de l'ivresse de ces premières journées à ma table. C'est le moment où je rencontre Agnès, je partage une chambre de bonne avec mon frère Nicolas, le photographe, et Agnès passe dans la journée faire l'amour avec moi. C'est le printemps, elle a seize ans et moi bientôt vingt. Je lui dis que je vais devenir écrivain et elle n'en doute pas un instant. Agnès croit en moi immédiatement, comme Ada a cru immédiatement en Nolde.

— C'est la première fois que tu me parles de ton frère photographe.

— Il est plus âgé que moi, sans lui je n'aurais peut-être pas écrit. C'est lui qui me montre, c'est en le regardant vivre que je comprends. Il commence à faire des photos à quatorze ou quinze ans avec un appareil à soufflet qu'il a trouvé aux puces et je vois combien son travail le porte tandis que toute notre famille s'enfonce dans la bêtise et la dépression. Nicolas est différent, il s'en va, il passe ses journées dehors à faire des photos et, au retour, il nous observe avec réserve, peut-être même avec un peu de méfiance, comme on observe des gens perdus. Je me vois perdu dans son regard. Il lit, il visite des expositions, il a des amis qu'il ne nous présente pas. Quelques années plus tard, c'est lui qui me fait lire Hamsun, *La Faim*, qu'il a découvert par hasard. C'est étrange parce que Nolde aussi s'illumine du jour où il lit Hamsun. Lui aussi était dans la nuit quand de passage à Paris, en 1901, il s'absorbait dans le travail de Cézanne et de Van Gogh. Il n'en pouvait plus d'enseigner l'ébénisterie, les arts décoratifs, il voulait peindre, il pressentait qu'il allait mourir s'il ne peignait pas et la lecture d'Hamsun lui donne la force d'oser. Lui, le fils inculte de petits paysans. C'est le moment où il rencontre Ada, comme c'est le moment où je rencontre Agnès. L'une et l'autre surviennent dans nos vies comme par miracle.

— Tu aurais voulu qu'Agnès t'aime comme Ada a aimé Nolde, n'est-ce pas ? Et aujourd'hui encore tu le regrettes.

— Oh oui, sûrement. Mais Agnès n'avait aucune idée de ce qu'est un écrivain, quand elle a compris, quand elle a vu ce que j'écrivais, sur elle en particulier, sur sa beauté, sur sa nudité, elle a réagi comme mes parents – ma mère, cette idiote : « Comment a-t-il pu nous faire ça ? » –, comme mes frères et sœurs qui m'ont demandé de détruire mon premier roman et me haïssent un peu plus à chaque nouveau livre, Agnès m'a dit que j'étais complètement cinglé, qu'elle n'allait plus oser sortir, que ce livre était une honte pour elle comme pour toute ma famille, que je ferais mieux de me soigner au lieu d'écrire, et elle m'a quitté deux mois plus tard pour son beatnik aux ongles jaunes qui aime le parapente, les barbecues et les 4 × 4. Alors que je n'ai jamais fait qu'écrire ce qui nous traverse, qu'essayer de dire ce dont nous sommes faits. Oui, Agnès m'a déçu.

Mais Susanne ne m'écoute plus.

— Viens, dit-elle tout bas, je vais te montrer un endroit dans cette maison que personne ne connaît.

Nous quittons la salle et montons deux étages comme pour rejoindre son bureau.

— Attends-moi là une seconde, me souffle-t-elle dans le couloir.

Quand elle revient, elle ouvre une porte sur notre droite avec une clé qu'elle a cachée dans sa main. Elle me fait signe de me taire, s'efface pour me laisser entrer et referme derrière nous. C'est une sorte de petit vestibule aux murs blancs et nus permettant d'accéder à un escalier de bois foncé soigneusement entretenu. Susanne grimpe la première et je la suis. La pièce où nous débouchons a été aménagée sous les combles, elle prend la lumière par quatre longues lucarnes incrustées dans la toiture et disposées en étoile. On devine un lit au fond, une coiffeuse sur la gauche sous un rai de lumière dorée, deux fauteuils de part et d'autre d'un guéridon... Quelqu'un a pensé aux fleurs, sur le guéridon.

— C'était leur chambre jusqu'en 1942, dit doucement Susanne. Puis Ada n'a plus pu monter les escaliers avec ses poumons malades et ils se sont installés en bas, dans la chambre que tu connais, qui se visite. Viens...

Elle m'entraîne vers la coiffeuse, et comme si je reconnaissais l'endroit je songe aussitôt à *Printemps dans la chambre (Frühling im Zimmer)*. La toile est de 1904, Ada y figure penchée sur un livre, à proximité d'un miroir et d'un bouquet de vivaces couleur lie-de-vin. Dans mon souvenir, la pièce est baignée d'une lumière dorée magnifique. Ça ne peut pas être ici puisque la maison est de 1937, c'est donc probablement sur l'île d'Als, au Danemark, où Emil et Ada passent alors la belle saison. En plus de la maison modeste qu'ils louent (ils n'ont pas du tout d'argent), il a voulu un atelier sur la plage, une baraque de planches comme celle qu'il aurait plus tard sur la dune de Rugbüll, dans le livre de Siegfried Lenz, et Ada l'a aidé à clouer les planches et à goudronner le toit.

Elle a renoncé à la danse, au théâtre, à la musique, elle a renoncé à tout pour être la femme de cet homme. Elle est avec lui, indissociablement liée à lui. Mais pourquoi ? Qu'a-t-elle trouvé, ou deviné en lui qui l'illumine au point de se donner si complètement ? J'allais écrire au point de s'oublier, mais non, ça aurait été une bêtise, pas un instant Ada ne s'est oubliée puisque c'est cette place qu'elle a voulue et que pour la conserver elle a pris soin d'être toute sa vie belle et désirable aux yeux de son cher mari.

A-t-il voulu cela, lui ? Ou a-t-il laissé faire Ada, songeant secrètement que sans elle il n'aurait pas la force ? Il n'y a qu'Ada, au début, pour croire en lui. Lorsqu'il présente ses premières peintures, à Kiel, en 1903, par l'intermédiaire d'une coopérative artistique, elle est avec lui pour accrocher les toiles, silencieuse mais déterminée, comme au jour de leur mariage, comme si elle savait déjà tout de l'œuvre à venir. Il me semble soudain qu'elle est à la fois l'amante et la mère, Marie-Madeleine et Marie qu'il représentera avec tant de force dans *La Crucifixion*, en 1912 – aimante, confiante et dévouée.

— Mais les fleurs, Susanne... Qui vient ici ? Qui continue de mettre des fleurs dans cette chambre alors que plus personne ne l'habite depuis 1942 ?

— Moi. Les fleurs, c'est moi. Le directeur m'a amenée ici le jour de mon arrivée, il voulait me faire un cadeau, je pense, ou me montrer qu'il avait confiance en moi, je ne sais pas. La pièce était à l'abandon, enfouie sous la poussière et les toiles d'araignée. Je l'ai nettoyée, il m'arrive d'y venir pour écrire, ou pour être seule. Personne ici ne la connaît, c'est un bon endroit pour disparaître.

Elle s'assoit devant la coiffeuse, un instant elle observe son visage avant de chercher mon regard dans le miroir. Je me tiens en arrière, à quelques pas d'elle, et je songe qu'elle est alors toute proche de la position d'Ada dans le tableau *Printemps dans la chambre*, que même les fleurs sont là, disposées sur sa gauche, qu'il suffirait qu'elle se penche sur un livre...

Oui, mais ce n'est pas ce dont j'ai envie.

— Susanne, tu te ferais un chignon devant la glace pour me faire plaisir ?

— Pour te faire plaisir, dit-elle, je ferais bien plus encore.

Et tandis qu'elle relève ses cheveux pour les nouer en chignon je la prends en photo.

« Il a toujours offensé ceux qu'il a peints »

La scène se passe à l'automne 1945, disons peut-être six mois après la fin de la guerre. Le peintre s'est remis à peindre librement, sans se cacher, tandis que le policier, un temps prisonnier des Anglais, vient de regagner sa maison et de retrouver les siens : l'ombrageuse Gudrun, sa femme, et leurs deux enfants, Hilke, la fille aînée, et Siggi, le garçon.

Un matin, le facteur manchot, Okko Brodersen, remet une lettre à Siggi, une enveloppe de grand format de couleur brune. Toutes les lettres portent habituellement le nom de l'expéditeur au dos, or rien n'est mentionné sur celle-là et cela contrarie le facteur. « Dis à ton vieux qu'il ne devrait pas accepter les lettres sans mention d'expéditeur », lance-t-il à Siggi.

Nous sommes à Rugbüll, dans le livre de Lenz.

Le policier observa la lettre sans empressement – il était dans la cuisine, occupé à nettoyer et cirer les souliers de la maison. Puis tout de même, pris de scrupules, il déposa la botte qu'il était en train de lustrer et ouvrit l'enveloppe. « Il parcourut la lettre sans prendre le temps de s'asseoir, se souvient Siggi, parut n'y rien comprendre, se laissa tomber sur le banc et continua à lire assis. Il tendit quelque chose vers la lumière, réfléchit. Il n'avait toujours pas l'air d'y comprendre grand-chose. Il me considéra d'un air atterré et s'exclama : Ta mère, va dire à ta mère de descendre, allez ! »

Ce que le policier a découvert dans l'enveloppe – et ce qu'il tend maintenant à sa femme – est en réalité la page d'un journal occupée dans sa quasi-totalité par la photographie d'une toile du peintre intitulée *La Danse sur les vagues*. Dans la marge, une main anonyme a écrit en lettres capitales : « Veuillez noter la ressemblance, cela en vaut la peine. »

« C'était Hilke qui dansait, nous révèle Siggi. Elle dansait sur des vagues plates aux crêtes brisées déferlant sur une grève aveuglante de lumière, sous un ciel rouge ; elle dansait, cheveux au vent, habillée uniquement d'une courte jupe rayée. Ses seins semblaient gêner sa danse, et elle baissait justement un bras pour les presser contre sa poitrine. »

« Qu'est-ce que tu dis de ça ? dit mon père en tambourinant du revers de la main sur le journal ; c'est bien elle, y a pas à se tromper : c'est Hilke, et ce que ça signifie, on le sait aussi. Je la reconnais, dit ma mère. Tout le monde la reconnaît, dit mon père. Elle s'est montrée à lui, dit ma mère. Tu veux dire qu'elle s'est donnée à lui, dit mon père. Aucune fierté, dit ma mère. Aucune pudeur, dit mon père. Le regard baissé sur la page du journal, ils se répandirent en commentaires, en récriminations relatives, pour l'essentiel, au tort que Hilke leur faisait ; ils n'en finissaient plus de se plaindre mutuellement, de s'apitoyer sur eux-mêmes. Et la compassion qu'ils éprouvaient pour eux-mêmes allait croissant avec l'amertume que leur inspirait le comportement de Hilke. Comment a-t-elle pu nous faire ça ? Mais où est-elle, au fait ? »

On appelle Hilke, on la cherche dans toute la maison, et enfin elle apparaît.

Siggi est alors témoin de la confrontation entre ses parents et sa sœur aînée, et c'est encore lui qui nous la rapporte.

« Réfléchis au tort que cela nous cause », dit le père.

« Je regardai ma mère qui venait de se mouvoir. Elle parut sortir de sa torpeur, se redressa et dit à voix basse : Terrible, puis : c'est terrible ce qu'il a fait de toi ; toutes ces choses étrangères. Cette déraison. Cette ivresse. Et ce qu'il a fait de ton corps. Les hanches enflammées. Les cuisses tordues. Et ton visage : tu ne vas pas me dire que tu es d'accord avec le visage qu'il t'a fait. C'est une offense, dit mon père, et ma mère : Jusqu'à présent, il a toujours offensé ceux qu'il a peints et, avec toi, il n'a pas manqué à la règle. Il n'y a qu'une bohémienne qui peut danser ainsi. Oui, dit mon père, une bohémienne : voilà ce qu'il a fait de toi. C'est une honte, dit ma mère, et le policier : J'espère que tu sais ce qu'il te reste à faire ? Il n'y a qu'une solution, dit ma mère ; ce tableau, un tel tableau doit disparaître. C'est ton intérêt et c'est le nôtre. Tu as collaboré à sa réalisation, dit mon père, il ne te reste qu'à nous aider à le détruire. »

Dans ses yeux

Cela ne doit pas se faire ici de donner de telles photos à tirer – une femme dans l'intimité de sa toilette – car j'ai bien vu comme l'homme a pris l'air pincé en me les présentant.

À un moment, je m'en souvenais, un bouton du chemisier de Susanne s'était ouvert, laissant entrevoir son petit sein. Sur le plus troublant des tirages, elle a les bras relevés vers son chignon, et comme elle est sur le point de se tourner vers moi, le buste vrillé, m'offrant déjà son profil, son sein gauche est pratiquement découvert. Mais elle ne le sait pas, elle n'a pas plus conscience de sa nudité que de sa beauté.

La photo est si émouvante que je n'ai pas pu retenir une exclamation de surprise quand l'homme du laboratoire me l'a mise sous le nez.

Et lui, rougissant parce que des clients qui venaient d'entrer nous observaient et voyaient Susanne :

— Vous êtes français, n'est-ce pas ?

Tout en rassemblant les tirages pour les glisser dans une grande enveloppe cartonnée.

J'ai évité Tønder où les gens du laboratoire auraient pu reconnaître Susanne et, pour ces photos, j'ai fait deux fois à vélo, sous le soleil de juin, le long trajet de la maison à Flensbourg.

À présent, redescendant vers le port, je cherche un endroit tranquille où l'on me laissera m'absorber dans mes images – et tiens, ce salon de thé peut-être.

Parfois, une photo parvient à saisir ce que nous ne saurions pas formuler, ce pourquoi un visage nous bouleverse, et c'est le cas de celle-là. L'autre nuit, essayant d'écrire dans mon carnet ce qui me touche tellement en Susanne, je ne suis arrivé à rien, presque rien, tandis que soudain tout est là, silencieusement donné. Les mots semblent si maladroits comparés à l'image, et j'envie Nolde lorsqu'il parvient à glisser dans une seule toile – *Printemps dans la chambre*, par exemple – toute l'émotion que lui inspire Ada. Par la seule grâce de la composition et de la lumière. À moins que quelque chose lui échappe, comme cela arrive dans l'écriture, de l'ordre du miracle, n'est-ce pas ?

Oh oui, j'envie Nolde. Je songe qu'un jour Susanne lira peut-être ce livre, s'il est traduit en allemand, mais qu'elle ne pourra jamais ressentir ce qu'a dû éprouver Ada en découvrant *Printemps dans la chambre*. Se dire tout bas en elle-même, le cœur arrêté : C'est donc cela qu'il aime en moi, c'est donc cela qui le touche si profondément en moi... Et accéder ainsi au secret de son mari, à l'origine de son émotion.

Il est tard quand je reprends la route de Møgeltønder. C'est bientôt l'été, toute la journée le ciel est resté lourd et menaçant, laissant parfois percer un rayon de soleil incandescent, douloureux aux yeux, et c'est seulement maintenant, avec la venue du soir, que tombent les premières gouttes. Puis tandis que je traverse le vaste koog de Klixbüll, arc-bouté sur mes pédales contre le vent d'ouest qui s'est brusquement levé, la pluie s'intensifie et il me semble soudain entendre la terre exhaler un profond soupir, comme si elle se réveillait heureuse après un long sommeil. L'hiver me paraît loin, brusquement – ces après-midi tempétueux que je passais déjà sur mon vélo, sous la pluie, dans l'odeur d'étable et de purin que charriait alors le vent du côté d'Husum. Dans leurs dernières lettres, mes enfants me demandent si je compte rentrer un jour, et Coline envisage de venir passer une ou deux semaines avec moi en août : « Est-ce que ça te ferait plaisir, mon papou ? Moi j'aimerais bien, comme ça je connaîtrais ta maison et tu me montrerais celle du peintre, mais il faudrait que tu me paies le voyage parce que j'ai déjà dépensé tout l'argent que tu m'as envoyé… » Les lettres de Coline ! Elles sont toujours si tendres, si loyales, je les aime tellement qu'après seulement deux ou trois lectures je suis capable d'en réciter par cœur des passages entiers. Je souris à Coline qui ne peut pas me voir, qui doit dormir à cette heure-ci, puis je songe que si la pluie continue de tomber comme ça l'eau va finir par transpercer mon sac à dos et se répandre sur les photos de Susanne, de sorte que j'aurai fait toute cette route pour rien...

Elle viendra demain, me dis-je alors, et je les lui montrerai. Mais bien sûr, et comme Ada découvrant *Printemps dans la chambre*, Susanne saura, elle comprendra... Non, peut-être ne verra-t-elle rien de ce que je vois d'elle. Esther, par exemple, avait souri avec un peu de distance, ou de dédain, je ne sais pas, quand elle avait vu la photo d'elle qui incarnait le mieux à mes yeux son mystère, ce pourquoi je l'aimais et m'étais mis à écrire tout un livre sur elle. Cette photo-là n'était pas de moi, je l'avais trouvée un jour par hasard sur son bureau, écornée et salie, elle avait été prise par un homme qui avait aimé Esther avant moi. Je l'avais portée au laboratoire, j'avais demandé qu'on la restaure et qu'on m'en tire plusieurs exemplaires. « Ah bon, avait dit Esther dubitative en la découvrant accrochée au-dessus de mon bureau, tu aimes donc cette photo... Je me demande bien pourquoi », et elle avait eu ce sourire avant de s'éloigner en chantonnant. Plus tard, à la sortie du livre que je lui avais consacré, elle avait dit dans un magazine que je l'idéalisais, que je ne la voyais pas comme elle était réellement. « Augustin me prête des sentiments que je n'ai pas, avait-elle confié à la journaliste, je suis assez différente de ce qu'il imagine, il se plaît à m'inventer, c'est sa façon à lui de m'aimer. » Qu'est-ce qui me fait penser qu'Ada découvrant *Printemps dans la chambre*... Peut-être a-t-elle au contraire songé, comme Esther : Mais ce n'est pas moi sur le tableau ! Emil aime donc une inconnue, une femme qu'il me prête et que je ne contiens pas... Peut-être s'est-elle éloignée en chantonnant, comme Esther, songeant secrètement : Se peut-il que nous nous aimions sur un malentendu ? Chacun écrit donc son propre roman, idéalisant l'autre, le magnifiant. Mais pourquoi irais-je contre ? Pourquoi irais-je abîmer la belle image qu'il construit de moi ?

Susanne contemplera cette photo d'elle qui me semble si bien la révéler, mais que verra-t-elle ? Sans doute ce qu'elle n'aime pas en elle, la connaissant, se demandant ce que moi... Ce qui me touche en toi, Susanne, c'est que tu n'as pas conscience... j'allais dire de ton charme, de ta beauté, mais non, ce ne sont pas ces mots-là. Certains jours tu te présentes dans ma cuisine avec une lumière si pâle sur le visage, si ténue et incertaine, qu'elle s'éteindrait si je n'apparaissais pas. Enfin, j'ai la prétention de le croire. Mais à part la nuit où tu ne m'as pas trouvé, par bonheur je suis toujours là. Je t'entends venir sur le chemin et j'arrête aussitôt d'écrire, je me lève silencieusement, je marche vers toi, je relève tes cheveux, j'embrasse ton visage, ton front, tes paupières, ton nez, ta bouche, et tout en t'embrassant je te dis tout bas : « Comme tu es belle, Susanne, comme je suis ému de te voir », je te le dis encore et encore, en continuant de t'embrasser sans te perdre des yeux, et je vois que tu me crois et que la lumière gagne sur ton visage comme le soleil du matin sur l'herbe du jardin. Petit à petit tu t'illumines. Toi, tu ne dis jamais rien, tu m'écoutes et tu te laisses embrasser. Je me demande comment on a pu t'aimer si mal quand tu étais petite au point qu'aujourd'hui... au point que chaque jour je dois tout te répéter comme si ça ne s'ancrait pas en toi. Mais sinon tu ne peindrais pas, tu n'éprouverais pas la nécessité de peindre, tu ne serais pas cette femme incertaine qui se demande, qui avance à tâtons – et peut-être que je ne t'aimerais pas. Je me rappelle comme tu te contemplais avec circonspection dans la chambre d'Ada et de Nolde quand je te prenais en photo, passant de ton visage au mien tout en nouant tes cheveux en chignon pour me faire plaisir, passant de ton visage au mien avec l'air de te demander ce que je pouvais bien te trouver.

L'homme trompé

Je la regarde tandis qu'elle contemple sa photo que j'ai accrochée dans ma chambre, à l'étage.

Elle semble confuse.

— Elle est belle, dit-elle.

Puis, après un silence :

— Hier soir, Niklas m'a dit que j'avais changé. « En bien ou en mal ? j'ai demandé. — En bien, il a dit, en bien. »

Elle sourit à sa façon, le regard ailleurs.

— Et c'est tout, il ne t'a rien dit d'autre ?

— Si. Il a ajouté : « Je ne sais pas si c'est ta peinture, mais tu sembles plus heureuse et ça te va bien. » Je lui ai demandé comment, comment ça m'allait bien, et il a dit : « D'ailleurs, Oscar t'a croisée dans la rue, l'autre jour, et il t'a trouvée très en beauté. » Oscar est son associé. « Et toi, j'ai insisté, toi aussi tu me trouves "en beauté" ? — Je t'ai toujours trouvée jolie, Susanne », a-t-il coupé en se levant. Ce n'est pas le genre de conversation qu'il supporte bien longtemps. Tu sais, c'est la première fois que je l'entends me dire qu'il me trouve jolie. C'est la première fois.

Elle se tait, regarde distraitement les autres tirages posés en tas sur la coiffeuse.

— Niklas est si pudique, reprend-elle, il ne dit jamais ce qu'il ressent... mais parfois il tremble quand il me prend dans ses bras, c'est nouveau chez lui et ça me touche beaucoup. Toi aussi il t'arrive de trembler, mais toi tu dis ce qui te traverse et j'aime tes mots. Tu ne devines pas comme je les aime, Augustin... Quand je rentre chez moi, je note tous ceux qui me reviennent.

— Vraiment ?

— Oui, et je me souviens aussi de toutes tes caresses, de la façon dont on a fait l'amour ce jour-là. J'ai écrit sur chacune de nos rencontres, dans un cahier, comme cela, quoi qu'il arrive, et même si je te perdais...

Mais je n'écoute plus Susanne, c'est Esther que j'entends parce que je pense soudain à Niklas, l'homme trompé. Un vendredi matin elle m'avait appelé depuis Marseille pour me prévenir qu'elle n'allait pas rentrer le soir même, comme prévu, mais qu'elle allait passer le week-end là-bas. « J'ai besoin d'être un peu seule », avait-elle dit abruptement, très vite, d'une façon qui n'admettait pas la réplique. Elle ne s'était pas inquiétée de ce que la nouvelle pouvait susciter en moi, pas une seule fois elle n'avait dit « mon chéri » ni même un mot gentil – « Ne te fais pas de souci », ou « Passe un bon week-end avec Coline » –, et après avoir raccroché, quand une voix à peine audible m'avait informé qu'elle n'était pas seule, qu'elle m'appelait depuis sa chambre d'hôtel dans la proximité d'un homme et que c'était évidemment pour cette raison qu'elle m'avait si maladroitement menti, elle qui mentait si bien d'ordinaire, j'étais aussitôt monté dans notre grande pièce et je m'étais mis à tourner en rond comme une toupie. Pour chasser l'image d'Esther dans une chambre d'hôtel avec un homme. Pour ne plus y penser, oh non, par pitié. Mais aussi bien j'aurais pu sauter par la fenêtre pour que la douleur cesse.

— Aussi bien j'aurais pu sauter par la fenêtre, dis-je tout haut en fixant Susanne sans la voir tandis qu'elle continue de me parler de son cahier dans lequel elle note tout ce que je lui murmure pendant l'amour, en français comme en anglais, et bien d'autres détails encore, et que je ne l'écoute plus.

— Qu'est-ce que tu as dit ? s'interrompt-elle. Je n'ai pas entendu.

— Rien, je pensais à Niklas, à ce qui pourrait survenir s'il tombait par hasard sur ton cahier.

Cette fois c'est elle qui me fixe, mais sans se troubler.

— Ça n'arrivera pas, il est très bien caché. Et Niklas n'est pas du genre à fouiller...

Moi non plus, je ne suis pas du genre à fouiller. Même ouvrir un tiroir du bureau d'Esther, je me l'interdisais. Et tiens, soudain je me demande si en fait de discrétion ça n'était pas plutôt pour être certain de ne rien savoir, de ne rien apprendre. J'étais parvenu à chasser le souvenir de Marseille, à l'éteindre en moi d'une certaine façon, quand il m'était revenu aux oreilles que la femme d'un ami avait croisé Esther au bras d'un homme dans une rue de cette ville. Elle l'avait confié à tel ou tel, priant pour que je ne l'apprenne pas, et cependant je l'avais su. Aujourd'hui tout se sait, n'est-ce pas, même les agents secrets ne parviennent plus à le rester. C'était ce jour-là que j'avais failli me tuer par inadvertance. J'avais voulu relire les premières lettres d'Esther rangées tout en haut de ma bibliothèque, celles où elle m'écrivait que j'étais l'homme de sa vie – « Augustin, mon amour, l'homme de ma vie » –, et comme je n'avais pas d'échelle j'avais approché une table et dressé des tabourets dessus. Parvenu là-haut, je m'étais absorbé dans les mots d'amour d'Esther, si complètement qu'oubliant que j'étais perché j'avais basculé dans le vide au moment de descendre. Ma tête était allée heurter l'angle du mur à toute volée, comme un ballon, puis je m'étais abattu sur le flanc. Convaincu d'être en train de mourir d'une hémorragie cérébrale tant le choc avait été violent, j'étais parvenu à ramper jusqu'au téléphone et aujourd'hui je souris en songeant à la seule phrase que j'avais été capable de répéter au type du Samu : « Venez vite, s'il vous plaît, je suis tombé de haut. »

Niklas, si amoureux de Susanne, si confiant en elle, tomberait de haut, lui aussi, le jour où il lirait son cahier.

— Susanne, dis-je, je me sens si proche de Niklas...

Elle se tait. Va vers la fenêtre. Et puis en regardant dehors vers la route étroite bordée d'aulnes :

— Je sais. Et si tu le connaissais, je sais que tu l'aimerais.

— Je déteste être dans la position de l'amant, du salaud suffisant qui donne du plaisir quand le mari... J'ai tellement souffert...

— Chut ! Tais-toi ! fait-elle en se retournant. Et arrête de te torturer. Tu ne trompes personne, Augustin. C'est moi qui suis déloyale, c'est moi qui devrais souffrir, mais j'ai décidé que c'était bien comme ça. J'aime Niklas, et pourtant je le trompe. Je t'aime, et pourtant je ne quitte pas Niklas. Jamais je n'ai été si heureuse, tu peux comprendre ça ? Je suis consciente que ça ne va pas durer, que je risque de tout perdre pour quelques mois ou même quelques semaines seulement de ce bonheur-là, mais je ne veux pas y renoncer. J'y ai pensé, j'ai souhaité que tu t'en ailles pour ne pas avoir à choisir, et puis une nuit je me suis rappelé la colère de Jolanthe contre ses parents, et même contre Nolde quand il a repris l'argument de son âge pour la dissuader de l'aimer et j'ai pensé que Jolanthe avait raison. Tu te souviens de ce qu'elle écrit à ce vieil homme sachant qu'elle ne pourra l'aimer qu'une poignée d'années ? « Comme si l'amour était un placement immobilier et qu'il faille, avant de l'engager, s'assurer de son bon rapport et de sa pérennité. » Tu te souviens ? Moi aussi je sais que c'est un mauvais placement de vouloir te garder, de vouloir vous garder tous les deux, Niklas et toi, mais je n'ai pas non plus une âme de petite épargnante.

Elle a dit tout cela sans colère, avec l'air de regretter de devoir me remettre à ma place.

— Je ne connaissais pas ce côté-là de moi, reprend-elle après un moment, et si on m'avait posé la question avant de te rencontrer, j'aurais sûrement dit que tromper mon mari était inenvisageable, que jamais une telle pensée ne m'avait seulement effleurée. Et je suppose que de la même façon Jolanthe aurait pris pour une mauvaise plaisanterie qu'on lui prédise qu'elle allait épouser à vingt-six ans un homme qui aurait pu être son grand-père, voire son arrière-grand-père. Ce sont les hasards de la vie et nous sommes parfaitement libres de les refuser. Après m'être engagée avec toi sans trop savoir, maintenant je sais, Augustin, et j'assumerai les conséquences de ce mauvais placement. De ce *très mauvais* placement.

Elle sourit. Puis revenant tranquillement vers moi :

— Viens, j'ai *très* envie qu'on fasse l'amour.

Un soir de juillet

C'était un soir de juillet, je venais de faucher l'herbe du jardin car la météo annonçait de l'orage et de fortes pluies durant la nuit – ainsi mon jardin reverdirait, m'étais-je dit – quand un bruit de moteur m'avait intrigué. Qui pouvait venir à cette heure-ci ? Sûrement pas Susanne qui était partie deux heures plus tôt rejoindre sa fille et qui devait être en train de dîner avec Niklas. Peut-être Dora que je n'avais pas revue depuis cette pénible soirée où je l'avais quasiment mise à la porte... Mon Dieu, Dora, quel ennui ! J'étais déjà en train d'inventer un bobard qui me permettrait de m'enfuir à bicyclette dans le quart d'heure quand j'avais reconnu Klaus.

Il avait souri en m'apercevant et marché vers moi. Il portait ce jour-là un costume argenté léger dont il tenait la veste sur l'épaule et une cravate azur, assortie au bleu de ses yeux, qu'il n'avait pas défaite en dépit de la chaleur.

— J'ai une bonne nouvelle pour vous, avait-il dit en me serrant la main. Le propriétaire abandonne son projet d'élevage de chevaux, la maison ne sera pas détruite, il songe à la revendre. En attendant, vous pouvez donc continuer de l'habiter.

— Vraiment ?

J'en avais laissé tomber ma faux. L'annonce que ma maison ne serait pas démolie avait d'abord provoqué en moi un sentiment de soulagement, d'équité, presque de revanche, avant que l'idée de l'acheter ne surgisse. Cependant, je n'avais rien dit à Klaus, me réservant le plaisir d'en rêver tout seul silencieusement, d'imaginer la vie que je pourrais construire ici, loin de Paris qui me glace le cœur depuis l'enfance. Je m'étais vu en un éclair appelant Curtis dès le lendemain matin : Cette maison dont je vous parle depuis des mois, Curtis, eh bien elle est à vendre et je veux l'acheter....

— Le propriétaire m'a appelé il y a dix minutes, alors que je rentrais chez moi, je me suis dit que j'allais faire le détour pour vous prévenir.

— Merci, Klaus. Merci d'être passé aussitôt, vous devinez sûrement combien la nouvelle me réjouit. Je suis tellement bien ici ! Vous restez dîner ?

— Non, ma femme m'attend. Mais je boirais volontiers quelque chose.

Il avait donc une femme, j'avais failli m'en étonner : Je ne savais pas que vous étiez marié, Klaus...., et puis j'avais laissé tomber, songeant que je risquais de le mettre mal à l'aise.

Il avait préféré du thé froid à une bière et nous nous étions installés sous la marquise, comme nous l'avions fait un peu plus tôt avec

Susanne pour fumer. Le ciel se chargeait depuis le milieu de l'après-midi et il semblait maintenant si lourd, si menaçant avec la venue du soir, que j'en avais éprouvé un frisson d'excitation.

— Si vous étiez resté, nous aurions pu dîner dehors en attendant l'orage, avais-je dit. J'aime les orages, c'est un spectacle extraordinaire, je pense que je vais passer la nuit ici.

J'avais espéré qu'il renchérirait, que nous nous rencontrerions sur les orages comme nous nous étions rencontrés sur Conrad, mais il avait paru ne pas comprendre.

— Fermez bien vos fenêtres en tout cas, ils annoncent des vents de plus de cent trente kilomètres à l'heure.

Nous avions évoqué les dégâts de la précédente tempête, en novembre, quelques jours avant mon arrivée à Husum. Mais pour dire quelque chose car la conversation bégayait. Tout au long de la côte des centaines d'arbres avaient été déracinés, des toitures arrachées, et on avait retrouvé des poids lourds couchés dans les fossés et jusque dans les champs. Seule la digue avait tenu bon.

L'écoutant distraitement décliner des événements qui ne l'intéressaient pas plus que moi, j'avais de nouveau songé que nous aurions pu devenir des amis mais que quelque chose d'impalpable nous en retenait. Enfin lui plus que moi, m'étais-je dit. Peut-être notre différence d'âge, ou peut-être le fait que j'écrivais tandis que lui avait renoncé tout en continuant d'en rêver.

J'avais été tenté de l'interroger de nouveau sur cette pièce de théâtre qu'il avait commencé à écrire, mais il semblait ailleurs, pressé de rentrer chez lui.

— Si votre femme vous attend, Klaus, partez avant l'orage, avais-je dit pour le libérer, il serait stupide qu'elle se fasse du souci.

— Oui, vous avez raison. Eh bien merci de votre accueil, je vous tiendrai au courant pour la suite.

Il était parti, mais arrivé à l'angle du jardin je l'avais vu revenir sur ses pas.

— Pardonnez-moi, le propriétaire m'a demandé d'estimer la maison, est-ce que je peux faire un tour rapide pour me la remettre en mémoire ?

— Bien sûr. Entrez, je vous accompagne...

Nous étions montés directement au dernier étage, dans le bureau des Welzer que je n'avais pas habité, qui était resté en l'état. Klaus l'avait balayé du regard puis il avait acquiescé et m'avait signifié d'un sourire que nous pouvions poursuivre.

Je l'avais précédé pour descendre et nous étions entrés dans ma chambre.

— Excusez-moi, c'est un peu en désordre, avais-je dit en recouvrant précipitamment le lit.

— Je vous en prie.

Il était allé droit vers la fenêtre et c'est en se retournant pour embrasser la pièce que son regard s'était arrêté sur le portrait de Susanne suspendu au-dessus de la coiffeuse.

Il avait semblé un instant en perdre le souffle.

— Vous connaissez Susanne ? avait-il observé d'une voix sans timbre.

Dans la seconde je m'étais reproché ma négligence : j'étais allé jusqu'à Flensbourg pour faire tirer ces photos de façon à ne pas mettre Susanne dans l'embarras, et voilà que par distraction je donnais à voir notre proximité au notaire de sa ville.

— Oui, je la connais. Et vous aussi donc...

Quelque chose d'important lui échappait manifestement car il paraissait maintenant extrêmement tendu.

— Mais qui a pris cette photo ?

— C'est moi. Susanne est une amie, elle m'a beaucoup aidé dans mon travail sur Nolde.

J'avais plongé mes yeux dans les siens, nous nous fixions.

— Je ne comprends pas, avait-il repris. Elle ne m'a jamais parlé de vous.

— Mais pourquoi l'aurait-elle fait ? Comment la connaissez-vous, si la question n'est pas indiscrète ?

— Susanne est ma femme.

J'avais eu la sensation que mon cœur allait se rompre et son martèlement s'était répercuté jusque dans mes tempes.

— Susanne est mariée à un homme dont le prénom est Niklas, avais-je répliqué mécaniquement sans détacher mon regard du sien et ne comprenant plus rien à mon tour.

— Je *m'appelle* Niklas. Tout le monde me surnomme Klaus, y compris ma mère, mais mon véritable prénom est Niklas.

Il y avait eu un silence durant lequel nous avions continué de nous dévisager. Puis brusquement il avait semblé tout comprendre, tout deviner. Je l'avais vu à la raideur de ses traits, à son regard, à sa pâleur.

Nous étions l'un et l'autre paralysés, Niklas me donnant l'impression d'avoir oublié ma présence pour entrer en lui-même, comme pour prendre la mesure de ce qui était en train de lui arriver, et soudain il avait quitté la pièce en trois enjambées pour disparaître dans l'escalier. Un instant plus tard, j'avais entendu le bruit de sa voiture et allant jusqu'à la fenêtre j'avais pu suivre le scintillement de ses feux entre les sombres barreaux des aulnes.

Me souvenir...

Je termine ce livre dans une chambre d'hôtel, sur l'île de Rügen. J'ai longtemps rêvé de Rügen, lieu de villégiature des Allemands de l'Est au temps du Mur. Quittant clandestinement Berlin-Est, nous avions tenté d'y aller avec mon frère Nicolas, le photographe, mais la police nous avait interceptés et raccompagnés à la frontière. À l'instant de quitter Møgeltønder, tandis que je cherchais vers où me diriger, le souvenir de Rügen m'est soudain revenu. Quelle bonne idée, me suis-je dit. Et aussitôt après : Il faudra que je pense à prévenir Coline – « J'ai dû quitter ma maison, ma Coline, si tu veux toujours venir passer quelques jours avec moi, prends le train jusqu'à Rostock, je viendrai t'attendre à la gare... »

Peu après le départ de Niklas, j'étais redescendu fumer une cigarette sous la marquise. J'avais besoin de réfléchir, je m'étais demandé que faire, et après un moment il m'était apparu que je n'avais rien d'autre à faire qu'à attendre puisqu'en somme ce qui allait se passer entre Susanne et Niklas ne dépendait pas de moi, *ne devait pas* dépendre de moi. Je n'avais rien manqué du spectacle de l'orage et quand j'étais monté me coucher, vers quatre heures du matin, une pluie régulière avait succédé aux trombes d'eau et de grêle qui s'étaient abattues sur mon jardin et il n'y avait plus rien à voir d'extraordinaire.

Réveillé vers dix heures, j'avais écrit les premières lignes d'« Un soir de juillet », utilisant spontanément le passé comme si je ne doutais pas que ma rencontre avec Niklas allait ouvrir un nouveau chapitre de ma vie. Vers midi et demi je m'étais interrompu, m'installant à nouveau sous la marquise, mais cette fois pour y attendre Susanne. Le soleil était venu à bout des bancs de brume du matin et les herbes du jardin, encore lourdes de pluie, scintillaient magnifiquement. Allait-elle venir ? « Me souvenir de ne plus jamais lier mon destin à qui que ce soit », avais-je écrit un jour, quelque part dans ce livre. Alors, agacé contre moi-même, j'étais rentré me faire un sandwich puis j'étais parti sur mon vélo vers Højer et Frederikskoog avec l'intention de pédaler tranquillement jusqu'au soir le long de la mer.

Me souvenir..., m'étais-je répété le lendemain matin, mais en dépit de cela je n'avais pas pu écrire une ligne, guettant malgré moi la voiture de Susanne. À quatorze heures, je m'étais convaincu qu'elle ne viendrait plus. J'en avais éprouvé une profonde tristesse et j'étais demeuré là, comme abasourdi, à contempler mon jardin. Puis soudain je m'étais levé et sans plus réfléchir j'avais enfourché ma bicyclette. J'étais parti pour Tønder louer une voiture.

J'avais fait ma valise, pris le temps de nettoyer la maison, de décrocher la photo de Susanne, et c'est au moment de m'engager dans l'allée que le souvenir de Rügen m'était revenu. Il était étroitement associé à Nicolas auquel je m'étais accroché à vingt ans pour échapper à la dépression, au chagrin, et sans lequel je n'aurais peut-être jamais écrit. Nicolas m'avait montré le chemin et voilà que sans le savoir il m'éclairait de nouveau.

Husum-Bédoin
Décembre 2013-juillet 2014

Remerciements

Merci à Siegfried Schulze-Kölln pour la chaleur de son accueil à Husum, pour ses précieux éclairages et pour tout le temps qu'il m'a consacré.

Merci à Günter Berg d'avoir bien voulu m'organiser une rencontre – inoubliable – avec Siegfried Lenz, et à Susanne Berg d'avoir assuré la traduction de notre conversation.

Merci enfin à Manfred Flügge et à Jean-Marcel Bouguereau pour l'aide précieuse qu'ils m'ont apportée.

11385

Composition
NORD COMPO

Achevé d'imprimer en Espagne
par BLACKPRINT CPI IBERICA
6 mars 2016.

Dépôt légal mars 2016.
EAN 9782290122099
OTP L21EPLN001877N001

ÉDITIONS J'AI LU
87, quai Panhard-et-Levassor, 75013 Paris

Diffusion France et étranger : Flammarion